그저 그 자신으로 빛나고 있는

_____에게

빛의 조각들

빛의 조각들

연여름 지음

ORIGINALS

이 책을 먼저 읽은 독자들의 찬사

때로는 조용하고 정적인 위로가 더 강한 힘을 가진다.
— Robby!

삶이란 어쩔 수 없지만,
그 삶을 어떻게 대할 것인지는 선택할 수 있다.
— 서랑정

새벽 1시 30분의 밤하늘을 올려다보고 싶게 만드는 책.
— 물렁한 복숭아

가끔은 수영장에 물이 없어도,
선베드가 아무렇게나 있어도 괜찮아!
— 잰잰97

불완전한 사람들이 서로를 이해하며
완전함을 향해 걸어가는 따뜻한 이야기 + SF 한스푼.
— 두근두근한 히로코_81940

과거를 놓아주는 뤽과 미래를 그려가는
소카가 주는 감동 그리고 공감.
— inner peace

"이 색깔을 모두 볼 수 있는 첫 관람객에게."
— HRRM

부족한 점을 인정하고 나아가기 위해서
필요한 것들이 얼마나 많은지.
— Arnm

과거와 현재의 껍질을 벗고 자유를 찾는,
섬세하고 훈훈한 이야기.
— 리스타트에서 리스타트

데미안이 알을 깨고 나오듯, 소카도 본인의 세상을
깨고 나오는 과정을 그린 소설이다.
— 나를바꾸는행동

때로는 결핍이 아름다움을 느낄 수 있게 하는
유일한 렌즈일 수 있다.
— 김어럽

닮음은 포용할 수 있는 공간이 되고
어둠은 빛을 담는 그릇이 된다.
— 마이너*

아득한 시간 속에서 묵묵히 내 옆에 있는
누군가에게 위로받는 듯한 느낌.
— nowheree

다른 곳에서 원하지 않는 모습으로 살아가더라도
우리는 우리 자신으로 빛난다.
- 책속의길찾기

서로의 상처를 받아들이고 진정 자기 삶을
찾아가는 이야기. 읽고 나면 마음이 따뜻해지네요.
- 89라임퍼지오

흑과 백 사이에는 회색이 아니라 무지개색이 있다.
- 북치고죽치기

너무 아름다운 소설이에요. 그림이 눈앞에 펼쳐지는 것처럼.
- supersuperholly

은하수가 떠오르는, 차갑지만 따뜻한 온기가 전해지는 소설.
- 심정정

진짜 멈추지 않고 읽게 만드는 작품이네요.
최근 읽은 작품 중에 최고입니다!
- 여름006

보이지 않는 색채를 눈에 보이게 해주는 작품.
- 부엉부엉부엉이

아름다운 어느 행성에서 아이스크림을 손에 들고 여유로운
산책을 하고 있을 소카를 떠올리며.
- 플로라

감정의 색을 보는 당신에게.
- 은사님

나도 그렇게 누워서 밤하늘을 바라보고 싶다.
- 프린세스히어로

삶의 다양한 조각들이 모인 퍼즐을 보았다.
- 영택123

모두 자신의 삶의 진정한 주인이 되는 소설.
세상으로 나간 소카의 그림이 궁금해진다.
- 나만 아는 수고

"내가 가장 멀리 갈 수 있는 유일한 바깥이거든요. 꿈은."
- 송도사랑

한 편의 잘 만든 영화를 본 느낌이네요.
- 여유로운 셀럽_673544

한번 읽기 시작하면 끝을 보기 전까지 절대 놓을 수 없는 책.
- 얼렁뚱땅우당탕탕

책을 끝까지 읽고 나면 제목의 의미를 알게 되네요.
- 친근한_만다린

차례

이 책을 먼저 읽은 독자들의 찬사 • 004

소카의 저택 • 010

청소부 뤽셀레 • 024

마리안이라는 손님 • 038

유일한 바깥으로 • 056

거부할 수 없는 제안 • 070

유르가의 경고 • 092

두 번째 손님 • 104

그냥 조금 멀리 • 118

1월 4일 • 130

각자의 망설임 • 142

불청객들 • 156

날카로운 파편 • 172

회색의 시간 • 188

단순한 문제 • 204

간조 • 216

에필로그 • 234

작가의 말 • 242

물거품 씨에 대하여 • 249

소카의 저택

　얼마나 일할 수 있느냐는 위위의 질문에 나는 "글쎄요, 십 개월? 일 년?" 하고 대답했다. 일반적인 고용주라면 끝을 정해둔 사람보다 오래 일할 사람을 더 선호하겠지만 솔직하게 말했다. 말을 지어내는 데도 정성은 필요하고, 나에게는 자신에게 기울일 정성이 별로 남아 있지 않았다.
　머릿속에는 오로지 망막과 시신경을 인공 강화하는 데 필요한 비용의 숫자와 그것을 채울 수 있는 기간뿐이었다. 사 층짜리 이 저택의 청소부로 고용될 경우 일 년 정도면 채울 수 있을 것으로 추정되었다. 만일 머물 방까지 제공해 준다면 십 개월이다. 이전에 일한 다른 타운의 고철 처리장에서는 같은 질문에 오 년이라고 대답했다. 일은 곧장 시작할 수 있었지만 해고가 이틀 뒤였다. 명도와 무게가 비슷한 이그로 합금과 에클리윰을 혼동해서 낯선 업자에게 원래 쳐줘야 할 값보다 일곱 배나 많이 정산해 줬기 때문이다. 내 두 눈이 제대로 보였다면 결코 없었을 실수였다.

"키우는 동물이 있나요?"

위위의 질문이 이어졌다.

"그동안 소행성대 곳곳을 떠돌아다니는 일을 했습니다. 뭔가를 키울 처지하고는 거리가 멀었죠."

"베이퍼셀 사용은요?"

"하지 않습니다."

베이퍼셀은 나노 캡슐로 약물을 흡입하는 기호품이다. 오래전의 흡연과 같은 기능을 하는 행위로, 작은 막대를 사용해 직접 기도로 흡입하는 방식이었다. 물론 건강에는 이롭지 않다.

마주 앉은 집사 위위는 진실을 감별하기라도 하듯 안경 너머 서늘한 눈빛으로 나를 응시했다. 아까 내가 시범으로 청소한 방을 점검하던 시선도 지금과 별다르지 않았다.

위위의 진짜 이름은 위나인가 위마인가 그랬는

데 세련되면서도 까다로운 인상을 가진 사십 대 중반의 여자였다. 아까 현관에서 자기를 소개할 때는 주변이 시끄러워 제대로 알아듣지 못했다. 이 저택의 현관은 독특한 이중문 설계로 바깥문과 안쪽 문 사이에 출입자의 전신을 멸균 소독하는 캡슐이 있었다. 거기에 들어가 기분 나쁜 약품 냄새가 나는 불친절한 바람에 온몸을 신나게 두들겨 맞은 뒤 밖으로 나올 때 마침 집사가 자기의 이름을 말했다. 아직 다 잦아들지 않은 소독 캡슐의 작동 소음에 목소리는 그대로 묻혀버렸고 다시 묻기도 번거로워 나 혼자 멋대로 위위라는 별명을 붙였다.

청소부 면접을 위해 위위는 나를 저택 일 층 안쪽의 커다란 방으로 데려갔다. 무척이나 어질러져 있고 더러운, 대청소가 필요한 방이었다. 바닥에는 종류가 다른 외투 세 벌과 잠옷, 앞치마 등이 아무렇게나 널려 있었고 침구에는 새카맣게 번진 커다란 얼룩이 보였다. 한 테이블에는 음식물이 남아 있는 식기가 몇 개, 다른 테이블에는 물감과 붓, 나이프 같은 미술 도구가 어수선하게 늘어놓아진 채였다. 방바닥과 가구에는 희뿌연 가루가 잔뜩 내려앉아 있었으며, 표지에 그 가루가 쌓인 책들도 간격이 먼 징검다리처럼 곳곳에 방치되어 있었다.

그곳은 침실도 거실도 식당도 서재도 아닌 정체성이 모호한 공간이었다. 아무래도 청소부 면접을 위해 일부러 마련해 둔 시험장인 듯했다. 위위가 방의 중앙에 홀로그램을 띄우자 청결하고 깨끗했을 원래의 풍경이 겹쳐 나타났다. 그리고 나에게 이 방을 홀로그램의 상태와 똑같이 정돈해 보라고 했다. 청소 도구와 필요 물품은 방에 딸린 창고에 모두 있었으며 주어진 시간은 삼십 분이었다.

나는 짐을 내려놓고 곧장 그 과제에 착수했다. 낯선 공간을 무작정 청소하라고 했다면 좀 난감했을 테지만, 매뉴얼이 있는 한 그렇게 골치 아픈 문제는 아니었다. 정해진 규칙에 성실하게 따르는 것은 오히려 나에게 익숙한 일이었다. 홀로그램은 편의에 따라 확대와 축소가 가능했다. 나는 고난도의 다른 그림 찾기를 해도 좋을 만큼, 홀로그램 속의 모습과 차이가 거의 느껴지지 않도록 방을 청소하고 물건들을 신중하게 정돈했다.

삼십 분 뒤, 온몸이 땀범벅이 되었을 때 위위가

나타나 방을 구석구석 둘러보았다. 먼지가 묻어나는 곳이 없는지, 침구는 제대로 교체되어 있는지, 세탁물과 식기는 잘 수거되었는지, 물건은 원래 있어야 할 자리에 모두 있는지 순서대로 꼼꼼하게 살폈다. 내 이름과 출신지, 얼마나 일할 수 있느냐고 물은 건 위위의 집무실로 보이는 이 방으로 들어온 다음이었다. 표정만으로는 내가 마음에 들었는지 아닌지 도무지 알 수 없었다.

"그래서, 불합격입니까?"

답답해진 내가 물었다. 그렇다고 해도 크게 아쉽지는 않았다. 면접비가 있다고 했으니 삼십 분 땀 흘려 일한 대가는 챙길 수 있었다.

"키우는 동물이 있고, 베이퍼셀 사용자라면 그랬겠지요."

위위가 엷은 미소를 띠며 대답했다.

"소카 씨는 호흡기와 폐질환 환자예요. 우리 타운의 대기질은 1등급이지만 소카 씨에게 영향을 주는 유해 물질이 전혀 없는 건 아니라서, 검진 때가 아닌 이상 소카 씨가 외출하는 일은 없습니다. 모든 출입구에 양압 시스템과 소독 캡슐을 갖춘 것도 그 이유예요. 아무튼 이 집은 소카 씨 세상의 전부나 다름없어요. 따라서 지하실부터 다락방까지 모든 공간이 빈틈없이 청결해야 합니다."

집사와 청소부를 부릴 능력이 되면서 번거로운 질환을 달고 산다니, 어째서 폐나 기도를 인공 강화하여 인핸서가 되지 않는지 의아하기는 했으나 나는 천천히 고개를 끄덕였다. 이 집의 사정이야 어쨌든 나는 채용되었다는 뜻 같았다.

"그리고 업무 중 반드시 지켜야 하는 조건이 있어요. 소카 씨는 화가인데 완성되기 전에 작품이 노출되는 것을 싫어해요. 만일 그런 일로 소카 씨의 기분을 상하게 한다면, 그 즉시 해고입니다."

청소 시험장에 왜 그림 도구들이 있었는지 이제야 이해했다. 청소 구역 중에는 그림을 그리는 공간 역시 포함되어 있을 터였다. 그런 걸 아틀리에라고 하던가? 소카라는 사람이 얼마나 대단한 화가인지 나는 모르지만, 성가신 질환을 지닌 채로 사는 이유는 그걸로 모두 설명되었다.

이 연방에서 화가를 비롯한 모든 예술가는 인핸서가 될 수 없다. 아니, 능력만 있다면 불편한 신체

부위를 기계로 강화하는 건 자유다. 단지 그럴 경우 화가라는 직업을 공식적으로 포기해야 할 뿐이다. 연방 규정상 순수한 신체를 가진 오가닉에게서 탄생한 작품만이 예술로 인정받기 때문이다.

"잘됐군요. 저는 그림이라는 걸 싫어하거든요."

내 말에 위위가 눈가를 찡그렸다. 화가에 대한 자부심이 상당한 것 같았는데 내가 찬물을 끼얹은 듯했다.

"그건 왜죠?"

위위는 이제껏 나에게 드러낸 표정 중 가장 호기심 어린 얼굴로 물었다.

"세상이 검거나 희거나 둘 중 하나인 사람한테 그림이라……. 그건 불쾌한 농담과 비슷하지 않겠습니까."

"이런, 흑백증 환자군요."

위위의 두 눈동자에 놀람과 연민이 교차했다. 나는 아무 대꾸도 하지 않았다. 알고 싶은 것은 그럼에도 불구하고 합격인지 아닌지, 그뿐이었다.

바사라는 이름의 고용인을 따라가자 저택 뒷문

으로 연결된 통로 끝에 단층의 별채가 나타났다. 거기에 내가 머물 방이 있었다.

저택의 고용인은 나까지 세 사람이 전부라고 했다. 오십 대로 보이는 바사는 이 저택의 요리사로 별채의 가장 큰 방을 차지하고 있었으며, 서쪽 모퉁이 방에는 세탁과 설비를 함께 담당하는 사람이 지낸다고 했다.

"이쪽 방을 써. 여긴 청소하든 말든 자네 자유고."

동쪽 모퉁이 방이 내가 머물 곳이었다. 본채와 비교하자면 허름하고 소박했지만 나에겐 이만하면 충분했다.

"……그럼 십 개월이겠군."

"뭐?"

나의 중얼거림에 바사가 물었다. 내가 아무것도 아니라고 하자 바사는 코웃음을 쳤다.

"자네가 열 달을 채운다면 내가 기념 케이크를 화려하게 구워주지."

많은 청소부가 이 집에서 오래 못 버틴 모양이었다. 혼자서 감당하기에 넓은 저택이기는 했다. 어림잡아 한 층에 방이 여덟 개라고 해도 네 층이면 모두 서른두 개. 거기에 지하실과 다락방까지 포함하면 사실 여섯 층이라고 할 수 있었다.

"그래도 위나 씨가 그쪽이 꽤 마음에 들었나 봐. 오늘 자네 앞에 네 명은 더 왔었는데."

위위의 정확한 이름은 위나였다.

"최소한 열 달은 근속할 체력으로 보였나 보죠."

비교적 단단한 체격 때문에 나를 골랐다고 생각할 때였다. 바사가 다시 웃었다.

"아니, 청소부는 언제나 자네 이상으로 튼튼해 보이는 사람을 뽑았어."

가장 오래 일한 청소부는 군인 출신이었는데 오 개월 차에 소카에게 해고당했다고 했다.

"내가 이 방을 안내한 청소부 중에 자네가 제일 허약 체질로 보여. 위나 씨의 눈에 든 이유가 따로 있을 것 같은데, 어쩌다 발렌까지 온 거지? 세이네 행성 억양을 쓰는 청년."

"뭐, 여러 가지 일이 있었죠."

바사의 화려한 축하 케이크를 먹을 수 있을 만큼 여기에 머물게 된다면, 차차 알게 될 것들이었다.

바사가 저녁 식사 준비를 시작하러 간 뒤 나는 방

을 청소하고 짐을 풀었다. 짐도 방만큼 소박했기에 긴 시간이 필요하지는 않았다. 나의 본격적인 업무는 내일 아침부터 시작이었고 고용인들의 저녁 식사는 일곱 시였다. 남는 시간도 보낼 겸 위나에게 집 안 전체를 둘러보아도 괜찮은지 묻자, 위나는 그렇게 하라고 했다. 동화 속에 등장하는 '결코 들어가면 안 되는 방' 따위는 없으며, 그 안에 누군가 있을 때만 방해하지 않으면 된다고 했다.

해당 공간에 사람이 있으면 문손잡이 곁에 작은 빨간색 램프가 켜졌다. 색깔은 구분 못 해도 불이 켜졌는지 아닌지는 나에게도 잘 보였다. 모든 방과 복도에는 각각의 청소 방법이 담긴 홀로그램 매뉴얼이 있었다. 매뉴얼이면서 일종의 감시 장치였는데, 만일 청소 후 해당 공간에 존재해야 하는 주요 물건이 사라지면 즉시 경보가 울리는 시스템이었다. 이 저택은 스물네 시간 스스로 다른 그림 찾기 중인 셈이었다.

일 층은 아까 언뜻 살핀 대로 위나의 집무실, 주방과 식당, 응접실, 거실, 청소 시험장 등이 있었다. 이 층은 위나가 주로 이용하는 공간이었다. 위나의 침실과 의상실, 서재. 그리고 손님용 방 두 개, 작은 응접실, 욕실 등을 차례로 둘러보았다.

삼 층은 계단 입구부터 다른 층에서 맡지 못한 희미한 냄새가 떠돌고 있었다. 물감 냄새. 여기에 소카의 아틀리에가 있는 듯했다. 그림을 보지 말라는 경고 때문인지 어차피 볼 생각이 없는데도 괜히 긴장이 밀려들었다. 먼저 복도 전체를 한 바퀴 돌았다. 비상 테라스를 제외하고 출입할 수 있는 문은 모두 네 개로 아래 두 층보다는 간단한 구조였다. 그중 램프가 켜진 방은 없었다.

복도 가장 안쪽의 문부터 열었다. 최소한의 가구로만 구성된 침실이 나타났다. 홀로그램과 실제 모습의 차이가 거의 안 느껴질 만큼 단정하고 깨끗했는데, 생활감이 별로 없는 느낌이라고 해도 무방했다.

다음 문을 열었다. 이번에는 텅 빈 곳에 의자 몇 개만 덩그러니 놓인 방이었다. '이건 웬 공간 낭비인가'라는 의문이 들 무렵, 천장과 바닥에 일정한 간격을 두고 설치된 렌즈가 눈에 들어왔다. 공간 전체가 입체 스크린이 되는 에어 필름 상영관이었다. 소카에게는 이 집이 세상의 전부라던 위나의 말이 떠올랐다. 이 사치스러운 상영관은 밖으로 한 발짝 나가지 않아도, 어떤 풍경이나 이야기든 원할 때 편리하게 불러내는 안전한 창문일 것 같았다.

이어서 세 번째 문손잡이를 잡아당길 때였다. 위층에서 계단을 따라 내려오는 누군가의 발소리가 들렸다. 잠시 후 복도 입구에 모습을 드러낸 사람은 짙은 색의 트레이닝복을 입은 남자였고, 머리카락이 젖어 있었다. 사 층은 실내 수영장이 있는 곳이었다.

저택의 구성원 중 내가 아직 얼굴을 모르는 사람은 둘이었다. 소카, 아니면 세탁과 설비를 맡고 있다는 고용인. 트레이닝복 차림으로 한가하게 저택을 돌아다니는 사람이 고용인일 가능성은 적었다. 그렇다면 남은 사람은 하나였다. 이 저택의 주인, 소카.

저명한 화가라기에 나이가 좀 있을 줄 알았는데 뜻밖이었다. 소카는 나보다 열 살은 어려 보였다. 아무리 많아도 스물다섯 정도일까. 그리고 머리카락의 명도와 눈매가 위나와 제법 닮아 있었다.

소카는 아무것도 담기지 않은 눈으로 나를 잠시

응시했다. 그러고는 인사할 틈조차 주지 않고 내가 연 세 번째 문을 가로채 그 안으로 들어갔다. 곧 문 손잡이에 램프가 반짝였다. 내가 방해할 수 없다는 뜻이었다.

"자네가 열 달을 채운다면
내가 기념 케이크를 화려하게 구워주지."

청소부 뤽셀레

　고용인의 식사는 바사가 주방에 각자의 몫을 싸 두면 알아서 가져가 먹는 방식이었다. 주방 앞 선반에 놓인 내 봉투에는 '청소부'라는 글씨가 쓰여 있었다.

　"설마 아직 이름도 안 알려준 거예요?"

　낯선 목소리가 끼어들었다. 소카의 또래로 보이는 녀석이 자기 몫의 봉투를 챙기는 중이었다. 거기에는 '완'이라는 이름이 있었다. 세탁과 설비 담당 고용인이었다.

　"깜빡했어요."

　"의외로 허술한 데가 있는 아저씨네."

　아저씨라는 호칭은 달갑지 않아서 나는 완에게 이름을 알려주었다. 뤽셀레. 뤽이라고 불러도 상관

없다고 했다. 완의 정식 이름은 에르완이었다.

"시끄러워, 뚝딱아. 주방 앞에서 떠들지 말라고 몇 번을 말해."

바사가 자기의 봉투를 가지고 나오며 에르완에게 경고했다.

"물론 바사는 이름을 알아도 자기가 부르고 싶은 대로 불러요."

그렇게 중얼거리면서 에르완은 바사의 뒤를 따랐다. 아까 저택을 살폈을 때 고용인을 위한 식당은 따로 없는 것 같았지만 일단 둘을 따라가 보았다. 도착한 곳은 지하였다. 지하에는 세탁실과 보일러실, 저장실, 그리고 네 개의 창고가 있었다. 우리가 자리 잡은 곳은 세 번째와 네 번째 창고 입구 사이에 놓인 휴식용 벤치였다. 거기에 바사와 에르완이 앉았고, 나는 보일러실에 있던 간이 의자를 가져와 마주 앉았다.

"제 구역에서는 마음껏 떠드셔도 됩니다. 손님들."

에르완이 선심 쓰듯 말하며 샌드위치를 크게 한 입 깨물었다. 지하는 세탁기와 건조기가 돌아가고 보일러 작동하는 소리로 아무 말 하지 않아도 이미 소음으로 충만한 공간이었다. 나도 샌드위치를 맛보았다. 오랜만의 훌륭한 음식이었다. 겉모양은 투박했지만 입에 넣자마자 손맛이 뛰어난 실력자가 좋은 식재료를 사용해 만든 음식이란 것을 바로 알 수 있었다.

"세탁과 설비를 혼자 맡다니 힘들지 않아요?"

내가 에르완에게 물었다. 전혀 다른 분야를 한 사람이 담당하고 있다는 사실이 신기했다.

"저택에는 반드시 필요한 최소 인원만 두는 게 위나 씨의 원칙이거든요. 그래서 위나 씨가 시키면 다른 일도 기꺼이 하죠."

"다른 일?"

"예를 들면, 청소부 면접을 위한 시험장 만들기라든지."

그 말에 바사가 웃음을 터뜨렸다.

"왜 웃어요, 바사. 일부러 자연스럽게 어지르는 게 치우는 것보다 훨씬 어렵다고요."

역시 그랬다. 나도 웃었다.

"솔직히 자연스럽지는 않았어요. 먼지는 밀가루

고 얼룩은 와인이고. 만들다 만 연극 무대 같았다고나 할까."

청소 시작 전 냄새만으로도 금방 알았다. 에르완이 입술을 삐죽였다.

"내 전문 분야는 얼룩을 만드는 게 아니라 빼는 거잖아요. 게다가 소카 씨 호흡에 영향을 주면 안 되니까 진짜 먼지는 쓰면 안 되고. 할 사람이 나밖에 없다기에 나름대로 최선을 다한 거라고요."

"루가 고용됐으니 당분간 그 잡무는 안 해도 되겠구나."

바사가 말했다.

"그런데 나는 두 번째 사람이 될 줄 알았는데. 다섯 중에 제일 빨리 치우지 않았어? 호텔 청소 경력도 있었고 팔뚝도 이 친구보다 두 배는 두꺼웠고."

내가 잠자코 샌드위치를 음미하는 사이, 바사는 여전히 풀지 못한 의문을 드러냈다.

"나도 그럴 줄 알았는데. 위나 씨한테는 이 아저씨 쪽이 훨씬 만족스러웠나 봐요."

에르완이 말했다.

"그러니까 왜."

"흐트러진 물감 튜브를 색상표 순서대로 정리한 유일한 사람이라서 아닐까요. 소카 씨의 일에 관한 한 위나 씨는 정확한 걸 좋아하니까."

"뭐? 그걸 굳이?"

바사가 놀라며 나를 보았다. 흑백증이라고 해도 튜브에 쓰여 있는 색깔의 이름은 분명하게 읽을 수 있고, 홀로그램과 대조해 같은 순서로 배열한 것뿐이었다. 다른 청소부 후보들은 그렇게 하지 않았다는 사실이 나는 오히려 의아했다.

"홀로그램과 똑같이 정리하라는 주문이었으니까요."

내 대답에 바사는 이제야 납득한 얼굴로 중얼거렸다.

"어쩌면 진짜 케이크를 구울 수도 있겠구먼."

나의 하루는 새벽 다섯 시에 시작되었다. 가장 먼저 청소해야 할 삼 층의 아틀리에를 시작으로 점심 식사 때와 몇 번의 짤막한 휴식 시간을 제외하면, 지하부터 꼭대기 층까지 쉼 없이 쓸고 닦고, 또 쓸고 닦고 치우고 정리하는 것이 일과였다.

종류가 다른 일을 몇 가지 해봤지만 온종일 움직이며 몸을 쓰는 경우는 이번이 처음이었다. 오염이란 것은 도무지 멈출 줄을 몰랐다. 인간의 삶은 필연적으로 먼지와 미생물을 불러내고 질서를 흩뜨리는 일인지라, 청소한 자리가 다시 더러워지는 건 누구의 잘못도 아니었다. 다만 나의 손길을 기다리는 그런 공간이 이 저택에 지나치게 많을 따름이었다.

정리해 둔 공간은 어느덧 다시 어수선해졌고, 쓸고 닦았던 자리에 먼지는 금세 자기의 존재감을 드러냈다. 처음부터 흐트러진 적이 없었던 것처럼, 그 흔적을 부지런히 지우는 것이 나의 업무였다.

퇴근 시간인 일곱 시, 저녁 식사 봉투를 가지러 갈 때쯤이면 두 다리가 후들거렸다. 나는 첫날처럼 바사와 에르완을 따라 지하실로 내려가지 않고, 발을 질질 끌다시피 걸어 별채의 내 방으로 돌아가 침대에 기댄 채 식사를 했다.

괜찮은 급여를 포기하고 빠르게 떠난, 얼굴도 모르는 전임자들이 이해가 갔다. 수술 비용을 마련하려다가 다른 데가 추가로 고장 날 수 있겠다는 생각이 들었다. 어쩌면 바사의 케이크를 먹어보기도 전에.

비록 과거이긴 해도 오랜 기간 정기 훈련을 받은 경험이 있고 남들과 비교해 체력은 뒤지지 않다고 자부했는데 오산이었다. 새로운 생활 방식에 전신의 근육이 적응할 때까지는 시간이 꽤 필요할 것 같았다. 그게 대체 얼마만큼일지 헤아려 보다 설핏 잠에 빠졌을 무렵, 노크 소리가 울렸다. 나는 침대에서 일어나지 않고 눈꺼풀만 열었다.

"뤼셀레 씨?"

바사 아니면 에르완일 거라 생각했으나 문을 열고 들어온 사람은 오늘 처음 보는 얼굴의 여자였다.

"퇴근하셨을 텐데 실례합니다. 저는 유르가라고 합니다. 소카 씨의 주치의죠."

"소카 씨는 작업실에 있을 텐데요."

"압니다. 이미 뵈었으니까요."

유르가는 어느 정도의 나이라고 가늠하기가 어려운 외모의 소유자였다. 주름이 깃든 얼굴이나 군데군데 희끗한 머리카락으로 보아 바사보다 나이가 많은 것 같으면서도, 전해지는 분위기와 걸음걸이, 말의 힘, 눈빛 등은 서른일곱인 나와 다르지 않게 느껴졌다. 나이에 비해 젊은 인상을 주는 사람은 대체로 심장 기능을 인공 강화한 인핸서라고 들은 기억이 어렴풋이 났다.

"앉으시죠."

무척 귀찮았지만 나는 몸을 일으켜 하나뿐인 의자를 권했다.

"고맙습니다."

유르가는 가방을 열면서 나를 방문한 이유를 밝혔다. 그는 소카의 진찰과 함께 저택 고용인들의 정기 검진도 겸하고 있다며 내 혈액 샘플을 매월 한 번 채취할 거라고 했다. 나의 건강을 위해서가 아니라 소카를 위해서였다. 혹시라도 병균이나 유해 물질을 그에게 전파해서는 안 되기 때문이었다.

나에게는 괜한 걱정처럼 들렸다. 여기서 일한 지 나흘째지만 첫날 아틀리에 앞에서 잠시 마주친 순간을 제외하고 나는 소카의 코빼기도 보지 못했다. 딱 한 번, 일 층 응접실 청소를 끝내고 나올 때 식당에서 새어 나오는 목소리를 들은 적이 있을 뿐이다. 소카와 위나가 식사하면서 대화 중이었는데 위나가 그의 작업을 압박하고 있으며 소카는 이 상황이 언짢지만 적당히 참고 있는 상태라는 것, 그리고 두 사람은 이모와 조카 관계라는 것만 대강 짐작할 수 있었다.

조카는 내가 새벽에 청소해 둔 아틀리에에서 하루 대부분을 보냈고, 그동안 나는 사람이 없는 층과 공간을 돌며 청소하고 또 청소했다. 뭔가를 옮기려고 해도 우리는 그럴 시간도 접점도 없는 관계였다. 청소부는 마치 유령과 비슷한 존재였다. 더러운 얼룩을 공들여 깨끗이 지우듯, 제 모습 역시 눈에 안 띄게 할수록 더 좋은 법이었다.

"뤽셀레 씨는 오가닉이죠?"

유르가가 내 정맥에 주삿바늘을 찌르며 물었다.

"네."

"이전에는 무슨 일을 하셨습니까?"

사적인 호기심이 아닌 의료인으로서 필요한 문진 같아 나는 사실대로 말했다.

"지난달에는 고철 처리장에서 이틀 일했고, 발렌 행성에 오기 전 가장 오래 근무한 곳은 에이블. 훈련생으로 오 년, 성간 여객기 파일럿으로 칠 년이요."

유르가의 손이 잠시 멈칫했다.

"그렇다면 그 일에서 물러난 이유는 흑백증 때문이겠군요."

흑백증에 대해서는 위나가 먼저 귀띔한 듯했다.

"네."

"유감이에요. 여객기 운항을 책임지는 사람에게 색상 신호는 절대적인 언어나 다름없었을 테니까요."

유르가는 더없이 부드러운 음성으로 그렇게 말했다.

그의 말대로 나는 색이라는 언어를 잃었다. 그래서 로레인 또한 잃어야 했다. 그건 고철 가격을 일곱 배 더 쳐주는 실수와는 차원이 다른 일이었다. 돈은 다시 생겨날 수 있어도 죽어버린 사람은 그렇지 않았다.

순간 속이 울렁거렸다. 그만 화제를 바꾸고 싶었다.

"인핸서 수술을 받을 겁니다. 십 개월 뒤에요."

"멋진 계획이네요. 실은 나도 몸 몇 군데를 손봤죠."

"그렇습니까?"

이미 짐작하고 있었지만 나는 태연하게 호응했다.

"심장과 수지手指 신경, 청신경까지요. 뤽셀레 씨도 인핸서가 되면 삶이 여러모로 편안해질 거예요. 아, 그럼 그때는 소카 씨의 작품도 제대로 감상할 수 있겠군요."

유르가는 채취한 내 혈액 샘플과 주사기를 정리하며 소카의 그림이 얼마나 훌륭한지 예찬하기 시작했다. 그의 그림에 대해 나는 아는 바가 없어서 보탤 말이 없었다. 그래도 내 경력이나 과거사보다는 이 이야기가 나았기에 잠자코 들었다.

"학교에 다닌 적도 없고, 누군가에게 배운 적도 없는 사람이 혼자서 그런 세계를 표현하다니, 소카 씨는 평생에 한 번 나타날까 말까 한 천재예요. 저도 한 점 가지고 있는데 경매장에서 처음 그 작품을 보자마자 결심했다니까요. 저건 내가 반드시 가져야겠다고. 아닌 게 아니라 진심으로 눈이 부셨거든요. 색채며 질감이며, 사람이 평평한 백지 위에 손으로 그린 거라고는 믿기가 어려울 정도였죠. 이 심장 비용만큼을 지불하고서야 간신히 낙찰받았지만 후회하지 않아요. 소카 씨는 한 작품을 완성하는 데 시간이 꽤 걸리는 편이라, 다음 기회가 언제일지도 알 수 없으니까요."

무척이나 대단한 그림인 듯했으나 나에게까지 전해질 감흥은 없었다. 나는 소카의 그림을 단 한 번도 본 적이 없었다. 이 저택에는 어디에도 그림이 걸려 있지 않았고, 아틀리에에서 작업 중인 캔버스는 그가 자리를 비울 때면 이 미터 높이의 디근 자목제 병풍으로 가려져 있었다. 나는 그저 물감이 마르는 냄새를 맡으며 저 캔버스가 나 같은 인간이 둘 정도 누울 수 있는 크기라는 것만 짐작할 뿐이었다. 그리고 그것을 잘못 건드리지 않도록 주의를 기울여 미술 도구들을 정리하고 나머지 공간을 청소했다.

내가 만일 소카의 그림을 실제로 봤다고 해도 유르가와 비슷한 감탄을 터뜨릴 가능성은 없었을 것이다. 어차피 나는 그 눈부시다는 색채를 조금도 실감할 수 없는 처지였다.

"아무튼 결론은, 이 저택에서 뤽셀레 씨가 무척 중요한 사람이라는 거예요."

갑자기 주인공의 이름이 변했다. 내가 의아한 눈빛이라도 비쳤는지 유르가가 이어 말했다.

"소카 씨가 좋은 작품을 그리는 데 전념할 수 있

도록 돕는 분이니까요."

"선생님만 하겠습니까."

내 말에 의사는 작게 웃었다.

"사실 저는 한 번씩 소카 씨가 고통을 호소할 때마다 주치의로서는 안타까움을 느껴요. 그런 과정들, 인핸서가 된다면 겪지 않아도 될 일이니까요. 그러면서도…… 양가감정에 시달리죠. 모처럼의 재능이니 오가닉의 삶을 숙명으로 받아들이고 건강을 잘 돌보면서 작품을 계속 그려주면 좋겠다고요."

"조금은 잔인하게 들리는군요."

"그렇죠?"

나의 비판을 유르가는 순순히 받아들였다.

"하지만 요 며칠 쾌적한 청소 상태 덕분에 소카 씨의 호흡도 한결 편안해졌으니, 뤽셀레 씨나 저나 공범이라고 해두면 어떨까요?"

유르가는 농담으로 그렇게 말했을 테지만 공범이라는 단어가 주는 무게에 나는 따라 웃을 수가 없었다.

"양가감정에 시달리죠.
모처럼의 재능이니 오가닉의 삶을
숙명으로 받아들이고
건강을 잘 돌보면서
작품을 계속 그려주면 좋겠다고요."

마리안이라는 손님

 저택에서 일한 지 만으로 한 달이 되는 날, 내 아침 식사 봉투에는 '위대한 뤽셀레'라는 이름이 쓰여 있었다. 봉투 속에는 세이네 행성에서 즐겨 먹었던 볶음 요리가 들어 있었다. 어제 잠들기 전까지도 역시 그냥 도망갈까 갈등했다는 사실은, 일단 혼자만의 비밀에 부치기로 했다.

 복잡한 마음으로 요리를 부지런히 입에 욱여넣은 다음 삼 층으로 향했다. 소카는 보통 눈을 뜨자마자 오전 여덟 시부터 틀어박혀 그림을 그리기 시작한다. 그 전에 나는 그가 어제 어질러 놓았을 아틀리에를 깨끗하게 복원해 놓아야 했다.

 한 달을 반복하다 보니 이제는 그럭저럭 익숙해졌으나 처음에는 아틀리에 하나를 청소하는 데만도 두 시간 가까이 걸렸다. 바닥, 벽면, 천장, 창틀 청소법은 다른 곳과 똑같아도 미술 도구 정리가 생소했기 때문이다. 친절한 홀로그램 매뉴얼이 있지만 붓을 빨고, 건조시키고, 기름통을 비우고, 거름망을 닦고, 나이프를 세척하고, 수건을 교체하고, 가구에 튄 물감 얼룩을 제거하는 일 등은 손에 익는 데 시간이 제법 걸렸다. 그날그날 어떤 건 치우고 어떤 건 치우면 안 되는지 구분하는 것도 난관이었다. 내가 뭔가 잘못 건드린 날은 위나에게 세세한 지적을 들어야 했다.

오늘도 어김없이 새벽 다섯 시에 청소 카트를 밀고 아틀리에로 들어갔다. 어지러워진 작업실 중간에 우뚝 서 있을 육중하고 새카만 목제 병풍을 습관적으로 기대하면서. 그런데 몇 걸음을 떼기도 전에 발이 멈춰버렸다. 그 어느 것에도 가려지지 않은 커다란 캔버스가 나를 향해 있었다. 지난 한 달 사이 한 번도 없던 일이었다.

순간적으로 주춤한 나는 어딘지 석연치 않은 느낌에 아틀리에의 모든 조명을 서둘러 켰다. 바닥 한쪽에 웅크려 누운 소카가 보였다. 사방이 밝아졌는데도 그는 움직이지 않았다. 깊이 잠든 것인지 아니면 몸의 이상으로 의식이 없는 것인지 구분할 수가 없었다. 당장 위나를 부르려던 찰나였다. 느리게 움직이기 시작한 소카가 눈꺼풀을 열었다. 나는 조심스럽게 그의 이름을 불렀다.

"소카 씨?"

소카는 내 목소리에 소스라쳐 놀랐다. 그림이 무방비 상태인 것을 퍼뜩 깨달은 것이었다. 그는 몸을 일으켜 벽에 기대 세워두었던 병풍을 힘겹게 끌어와 허겁지겁 캔버스를 방어했다. 그사이 나는 가만히 돌아서 있었다. 마치 옷을 갈아입는 중인 사람에게 시선을 거두어주듯이. 사실 그림은 벌써 보았지만 솔직히 그게 무엇인지 나는 전혀 알 수도 이해할 수도 없었다. 그저 거대한 어떤 것이 흩어지는 것 같기도, 폭발하는 것 같기도 하다는 막연한 인상만 남아 있었다.

"들어올 때 램프를 미처 확인하지 못했습니다. 죄송합니다."

뒤돌아선 채로 그렇게 변명했다. 작업 중인 그림을 보지 않겠다는 다짐은 이제껏 병풍이 제 역할을 하고 있었기에 지킬 수 있던 것이었다.

"닥쳐요."

병풍을 다 세운 소카는 메마른 목소리로 받아치며 아틀리에를 나갔다. 다행히 그의 건강에 특별한 이상은 없어 보였다. 하지만 나의 '위대한 뤽셀레' 기념일은 오늘로 마지막이 될 듯했다.

점심 식사를 가지러 주방에 들렀을 때 위나가 나를 집무실로 불렀다. 아틀리에에서 있었던 일을 소카에게 들었을 테니 올 것이 왔다고만 생각했다.

"이 층에 손님방을 하나 마련해 줘요. 저녁 식사 전에 도착할 거고, 하루를 묵을지 이틀을 묵을지는 아직 정해지지 않았어요."

위나의 요구는 그뿐이었다. 한 달 치 급여를 가지고 그만 짐 싸서 나가라는 주문은 없었다.

"할 이야기라도 있나요?"

내가 집무실을 바로 떠나지 않자 위나가 물었다. 여기서 계속 일해도 되느냐고 확인하면 그게 더 이상할 분위기였다. 소카가 아무 말도 하지 않은 걸까, 아니면 흑백증 환자에게는 그림을 노출해도 상관없다는 뜻일까. 나로서는 모를 일이었다.

"저⋯⋯ 테이블을 하나 들여도 되겠습니까?"

아무 말이라도 한마디 보태야 어색하지 않을 것 같아서 나는 지난 한 달 느낀 불편 사항 몇 가지 가운데 가장 사소한 것을 떠올렸다.

"테이블이요?"

난해한 작품의 제목이라도 들은 것처럼 위나의 미간이 좁아졌다.

"고용인들끼리 모여서 밥을 먹을 때도 있는데, 지하실에 접이식 테이블이 하나 있으면 좋겠습니다."

이 저택에서는 물건을 한 가지 들일 때마다 무조건 위나의 허락이 필요했다. 그게 번거로워서 바사나 에르완은 이제껏 아무 말도 꺼내지 않았던 것이다. 저택 살림을 위한 크고 작은 결재가 늘 쌓여 있는 상황에 고용인의 사소한 요구 사항까지 주장하기란 사실 쉽지 않다. 접이식 테이블도 그중 하나였는데 바로 지금이 그 사소함을 요구해 볼 적시 같았다.

"그래요. 구매하고 청구하세요."

위나는 의외로 간단히 승낙했다. 그러나 나에게

필요한 건 허가였지 비용이 아니었다. 약간의 시간, 그리고 지하 창고에 있는 주택 보수용 합판 두 장, 약간의 공구만 에르완에게 빌릴 수 있다면 재료는 충분했다.

오후에 나타난 손님, 마리안은 누구도 부정 못 할 위나의 혈육이었다. 나이는 소카와 비슷해 보였고 이목구비와 표정은 위나와 닮은 정도가 아니라 판박이였다. 아니나 다를까 위나를 엄마라고 불렀다.

마리안은 고용인들을 일일이 찾아가 인사를 건넬 만큼 활달하고 밝은 성격이었다. 오늘 처음 보는 나에게도 마찬가지였다. 소카와는 정반대의 성향이라고 할 수 있었다. 바사의 말에 따르면 마리안은 발렌에서 가장 유명한 예술대학 미술부에 재학 중으로 저택에는 두세 달에 한 번 정도 들른다고 했다. 집안 전체가 그쪽으로 조예가 깊어 보였다.

마리안이 짐을 풀고 위나와 티타임을 갖는 동안 나는 사 층 수영장을 청소하기로 했다. 저택 밖으로 나가는 일이 거의 없는 소카에게 수영장은 아틀리에 다음으로 중요한 공간이었고 그만큼 청결에 신경을 써야 했다. 위나의 표현을 빌리자면 약간의 물때와 곰팡이도 자기주장을 펼치게 해서는 안 되었다.

여기서 일하기 전까지 나는 수영장이란 곳을 제 발로 가본 적이 없었다. 헤엄치는 것도 좋아하지 않는다. 처음에는 집 안에 이런 시설이 존재한다는 게 생경할 따름이었지만, 지금은 커다란 욕실이려니 생각하고 청소에만 집중하고 있다. 그러다 보니 소카를 위한 특수한 염수를 사용하는 수영장 고유의 물 냄새도 어느덧 아래층 아틀리에의 물감 냄새처럼 익숙해졌다. 그렇게 한 달을 보내며 익숙해진 것이 한 가지 더 있는데 바로 수면에서 춤추는 빛의 그물이었다.

이 저택의 사 층은 천장의 일부가 천창으로 되어 있고, 낮에는 그 천창을 통과한 햇빛이 수영장으로 고스란히 떨어진다. 특히 정오 무렵에는 태양을 가루로 쪼개어 뿌린 듯 물의 표면이 빛으로 짠 그물처럼 반짝거리며 부드럽게 일렁인다. 흑백증인 나에게 그 풍경은 마치 성간 여행 도중 맞닥뜨린 성단의 찬란함과 비슷하게 보였다. 로레인은 그 풍경을 볼 때마다 영원히 흐르는 모래시계 같다고 말했다.

'저 아득한 시간 속에서 하필 우리가 지금 함께 있는 건, 사실 엄청난 확률인 거지. 당신은 운이 좋아. 안 그래, 뤽셀레?'

청소 도중에 나는 양쪽 귀를 손바닥으로 덮어 주변 소음을 차단하고 빛나는 물결을 가만히 바라보곤 했다. 그럼 그때와 같은 아득한 압도감이 천천히 밀려오고 로레인의 목소리가 떠오르며 번잡하던 마음이 잠잠해졌다. 지금도 잠시 그런 순간을 맞이하던 중이었다. 갑자기 끼어든 깔깔거리는 웃음소리가 그 평온을 깨뜨리기 전까지는.

수영복 차림의 마리안과 소카가 수영장 입구에 나타났고, 나는 기둥 뒤로 몸을 숨겼다. 가볍게 인사한 다음 자리를 비켰어도 될 텐데, 아침에 아틀리에에서 있었던 일 때문인지 몸이 자동으로 그렇게 반응해 버렸다. 두 사람을 따라 마른 가운과 타월을 든 에르완도 등장했다. 위나가 시키는 일이라면 이것저것 다 한다더니 간단한 시중들기도 그의 몫인 것 같았다.

"고마워, 완."

"천만에요."

선베드를 펼쳐주는 에르완을 향해 마리안이 미소 지었다. 마리안이 여기로 올라오면서 웃고 떠들었던 상대는 소카가 아닌 에르완이었다. 소카는 이미 물속에 들어가 평소와 다를 바 없는 냉한 얼굴로 유유히 배영 중이었다. 혼자 수영하러 가던 소카를 마리안이 제멋대로 따라온 느낌이었다. 에르완이 떠나자 마리안도 물에 뛰어들었다.

"지난주에 아소르에 다녀왔는데 오빠 줄 기념품도 가져왔어. 나중에 줄게."

마리안은 소카의 반대 방향으로 헤엄치며 말했다.

"오랜만에 갔는데도 역시 환상적인 곳이더라. 끝없는 바다도 아름답고, 황혼 때 보이는 일곱 위성의 행렬은 말할 것도 없고."

아소르는 나도 운항 스케줄로 여러 차례 가본 행성이었다. 표면의 구십오 퍼센트가 바다인 곳으로 이 소행성대 연합의 부유층에게 인기 높은 휴양지였다. 소카는 아무 반응도 하지 않았다. 마리안이 물었다.

"작업은 좀 진척이 있어?"

"너랑 무슨 상관이야."

드디어 소카의 대꾸가 들려왔다. 그의 목소리는 내가 항상 보는 회색빛과 별반 다르지 않게 무미건조했다.

"상관이 있지. 오빠가 그림을 제대로 완성해야 매니저이자 딜러인 우리 엄마가 한시름 놓고 나를 봐줄 여유가 생기는데. 엄마는 친딸인 나보다도 오빠를 훨씬 애지중지하니까 말이야."

"내 그림값을 애지중지하는 거야."

"그거나 그거나."

"억울하면 너도 잘 그려봐. 그럼 제발 보지 말아달라고 사정해도 볼 테니까."

침묵이 고였다. 얼마간 물이 울렁거리는 소리만 흐르다가 느지막하게 마리안의 항변이 이어졌다.

"말했잖아. 나한테 그림은 어디까지나 취미라고. 여행과 비슷한 거야. 그리는 동안 즐겁다면 그걸로 만족해."

"만족."

소카가 말꼬리를 잡았다.

"좋은 인생이네. 그런 그림에 만족도 가능하고."

마리안이 헤엄을 멈추고 소카를 돌아보았다. 표

정은 당연히 좋지 않았다. 소카는 개의치 않고 독언을 계속했다.

"아니면, 온갖 이름 있는 교수한테 수백만 루멘씩 수업료 바쳐가며 배워봐야 결국 그 정도밖에 못 뽑아낸다는 사실만 깨달은 자기 위안이거나."

"뭐?"

"교수들은 알아? 그 수업료, 기숙사비, 재료비가 내 그림을 팔아서 나온 돈이라는 거."

물이 후드득 떨어지는 소리가 들렸다. 물 밖으로 나온 마리안이 타월을 한 장 집어 들고 수영장을 떠나며 중얼거렸다.

"거만하기는. 박제 주제에."

'박제'는 소카 같은 오가닉을 비하하는 멸칭이었다. 살아 있는 형태로 보존되어 있지만 사실상 틀에 갇혀 죽은 박제나 다름없는 신세를 조롱하는 말이었다. 소카에게도 분명히 들렸을 텐데 그는 비로소 찾아온 고요를 만끽하며 물고기처럼 헤엄만 쳤다.

"이제 완전히 혼자 있게 해줄래요, 뤽셀레?"

그러고는 내가 숨은 방향을 향해 요구했다. 나는 멋쩍게 모습을 드러냈다. 어쩐지 오늘은 업무가 순조롭지 않은 날이었다.

"바다 청소가 아직 마무리 안 됐습니다만."

물기 제거를 하다 만 참이었다. 미끄러질 위험도 있고 그대로 두어서 좋을 게 없었다.

"그럼 마저 하든지요."

그래도 나가라는 반응을 예상한 것과 달리 소카는 그렇게 말했다. 나는 타일을 마저 닦기 시작했고 어느덧 대걸레를 밀고 나아가는 방향이 소카가 헤엄치는 방향과 같아져 있었다.

소카의 움직임은 헤엄이라기보다 물에 몸을 맡긴 채로 적당히 떠다니는 모양에 가까웠다. 마치 해파리처럼. 폐에 부담을 주는 격렬한 운동 자체가 애초에 불가능한 듯 보이기도 했다.

"유르가 박사가 그러던데, 예전에는 성간 파일럿이었다고요?"

시선 바로 아래에서 소카가 물었다. 드나드는 사람이 적은 집이라서인지 비밀이랄 게 존재하지 않았다.

"그랬죠. 한때는."

"아소르에도 가봤어요?"

마리안이 언급한 그 휴양지였다.

"네. 정기 운항을 담당했던 시기가 있었습니다."

"어때요? 거기."

소카의 질문이 이어졌다. 마리안이 이야기했을 때는 조용하기만 해서 관심조차 없는 줄 알았는데 의외였다.

"글쎄요."

아소르는 개인적인 의견 따위가 그다지 의미 없을 지나치게 유명한 관광지였다. 게다가 소카라면 실물보다 훨씬 생생한 아소르의 풍경을 에어 필름을 통해 이미 구석구석 섭렵했을 것 같았다. 질문의 의도가 무엇인지 판단이 어려워 나는 흔한 감상을 택하기로 했다.

"무척 아름다운 곳이죠."

"그래요?"

소카의 생각은 다른 듯했다.

"아소르의 바다는 염도도 산소 농도도 생존 부적합이라 생물이 전혀 없잖아요. 표면 전체가 바다나 다름없는 행성인데, 그게 왜 아름다운 건지 나는 이해가 안 돼요. 모든 게 텅 비었을 뿐인걸."

실제로 아소르는 그런 곳이었지만 나에게는 지병 때문에 이 행성인 발렌은커녕 작은 타운조차 못 벗어나는 오가닉의 심술처럼 들렸다. 내가 가지지 못할 것에 대한 손쉬운 환멸이라고 해야 할까. 그래도 이 저택에서 계속 일하려면 그런 속내를 드러낼 수는 없었다.

"그 말씀도 맞는군요."

"공포예요. 아름다움이 아니라."

어느새 몸을 바로 세운 소카는 자기 앞의 수면을 내려다보며 중얼거렸다. 나의 걸음도 덩달아 멈췄다.

"공포라고요. 그런 거대한 부재는."

그의 시선이 나에게 옮겨왔다. 동의를 요구하는 눈이었다. 대답은 하지 않았으나 그게 어떤 기분인지 나도 조금은 알았다. 거대한 부재가 던져주는 두려움, 아니면 무력함. 내겐 그 두 가지가 크게 다르지 않기도 했다.

"그런데 나한테 궁금한 거 있지 않아요?"

한참 말이 없는 나에게 소카가 다시 질문했다. 작업 중인 그의 그림을 보았는데도 어째서 해고가 아닌지 내가 묻길 기다리는 것이었다. 하지만 굳이 그럴 생각은 없었다. 오늘 오전의 일은 쌍방의 부주의였고 한 번쯤 적당히 넘어가 주려는 것일 테니. 나는 그보다 다른 것을 알고 싶었다.

"한 가지가 있기는 합니다만."

"뭔데요."

"오 개월 차에 해고당한 청소부는 사유가 뭔지요. 제법 성실했다던데."

소카는 가볍게 웃으며 다시 물 위에 누워 배영을 시작했다. 기대한 것과 다르지만 이 질문도 나쁘지 않다는 신호였다. 대답을 듣기 위해 나도 그 방향으로 움직여야 했다.

"내 그림을 봤어요. 정전이 있던 틈에 자기 손으로 병풍을 열고. 그것도 모자라서 나이프로 점 하나까지 교묘하게 찍어놓았고요. 새끼손톱 절반만 한."

"그림에 말입니까?"

설마 싶어 확인차 물었다.

"그럼 어디겠어요. 자세히 안 보면 모르고 지나칠 수도 있을 곳에다가요. 캔버스 전체가 온갖 크고 작은 점으로 가득한 작품이었으니까. 뤽셀레 씨도 오늘 봤듯이."

 그걸 '봤다'고 할 수 있다면 소카의 말이 맞았다. 그런 그림에 작은 점 하나쯤 더해졌어도 나 같은 사람은 흑백증과 무관하게 못 알아차렸을 것이다.

 "하지만 그린 사람은 알아요. 그건 모를 수가 없는 거거든. 몇 달을 온종일 봐온 단 하나의 창문인걸. 붓질의 방향까지 하나하나 전부 기억해요."

 소카는 한 작품을 완성하기까지 시간이 오래 걸린다던 유르가의 말이 떠올랐다.

 "나는 사실, 그걸 발견할 수밖에 없을 나를 괴롭히려는 의도였다고 생각해요. 누군가가 그를 종용했을 수도 있고. 증거는 없지만."

 그 의혹이 누구를 향해 있는지는 어렴풋이 알 것 같았다. 마리안에게 그토록 냉정했던 이유였다.

 "그 그림은 어떻게 됐습니까?"

 이번 질문에 소카의 대답은 간단하면서도 차가웠다.

 "폐기하고 다시 그렸어요."

 마리안은 이튿날 학교로 돌아갔다.

바사의 말에 따르면 하루 더 머물지 않겠느냐는 위나에게 "여기는 반나절만 있어도 견딜 수 없이 지루하고 숨 막히거든" 하고 대답하며 소카를 보았다고 했다.

"그러고는 다음 주에 떠날 예정이라는 여행 계획을 아침 먹는 내내 신나게 늘어놓았지."

"지난주에 아소르에 다녀왔는데, 또요?"

"아직도 모르겠어, 루? 마리안은 그저 여기서 꼼짝도 못 하는 소카 씨를 도발하고 싶은 거야. 진짜로 가는지 아닌지는 문제가 아니라고."

"하지만 소카 씨는 그런 거 별로 신경 쓰지 않을 것 같은데요."

어제 수영장에서 오간 짧은 대화로 나는 그렇게 느꼈다. 마리안이 뭐라고 하든지 소카는 크게 의미를 두지 않고 적당히 흘려듣고 만다고. 바깥 세계보다는 자기 내면에 집중하면서.

"그렇게 보이겠지. 겉으로는."

바사가 혀를 찼다.

"그럼 아닌가요?"

"마리안이 온다고 하면 소카 씨는 잠조차 제대로

못 자."

그 말에 침실이 아닌 아틀리에 구석에 잠들어 있던 그의 모습이 생각났다. 전임 청소부가 망가뜨린 그림에 대해 사늘하게 털어놓았던 목소리도.

"자네야 이제 고작 한 달 차라지만, 에르완 이 녀석은 몇 년째 그런 소카 씨를 보고도 마리안만 오면 그저 입이 귀에 걸려서."

에르완은 위나의 부탁으로 마리안을 공항에 데려다주러 갔고 아직 돌아오기 전이었다.

"마리안 씨가 시선을 끄는 사람이긴 하니까요."

"그놈의 흑백증도 아무짝에 소용없네."

바사는 내 의견이 마음에 안 드는지, 점심 봉투를 거칠게 안겨주곤 주방으로 들어가 버렸다.

유일한 바깥으로

 소카의 검진 날은 이른 아침부터 온 집안이 분주했다.

 연방의 대기질은 가장 청정한 1등급부터 최악인 12등급까지 행성과 타운에 따라 천차만별이지만, 선천적 폐쇄성 폐질환을 가진 소카에게는 1등급 대기에도 존재하는 극미량의 오염물질조차 치명적인 영향을 미쳤다. 이 저택의 공기 정화 장치가 쉼 없이 가동되고 있는 이유였다.

 저택을 벗어나야 할 경우 소카는 산소 헬멧을 착용해야 했다. 그 헬멧은 내가 불가피한 상황에 우주 공간으로 직접 나가야 할 때, 우주복 위에 덮어쓰던 그것과 크기도 모양도 비슷했다. 한마디로 무척이나 우스꽝스럽고 무겁고 불편해 보였다는 뜻이다. 보통의 햇빛 아래에서 일상복 차림인 채로는 더 말할 것도 없었다. 소카 자신도 그렇게 생각하는 것 같았다. 최근 여섯 달이나 매달려 있던 그림을 완성하고는 한동안 기분이 괜찮아 보였는데, 오늘은 둥근 헬멧 속에 갇힌 표정이 평소보다 더 음울했다.

위나는 산소 헬멧이 어깨까지 제대로 덮였는지 재차 확인하고 완벽하다며 얼른 출발하자고 했다. 먼저 와서 대기하고 있던 유르가 박사가 두 사람과 동행했다. 곧 위나의 개인용 상공 이동 차량인 플라이모가 저택 앞에서 떠올라 작은 점이 되어 멀어졌다.

"주치의가 있는데 꼭 가서 검사를 별도로 받아야 하는 건가?"

세 사람을 보낸 뒤 내가 에르완에게 물었다.

"자격 검진은 위원회에 직접 가서 받는 게 원칙이거든요."

"자격 검진?"

"소카 씨는 화가잖아요. 모든 신체가 완벽한 오가닉인지 두 달에 한 번씩 머리부터 발끝까지 검사를 받아야 된대요. 몰래 인핸서가 된 채로 활동을 계속하는 건 아닌지 확인하는 건데, 그게 연방 예술위원회 규정이라나."

주변에 예술가가 없는 나로선 처음 알게 된 사실이었다. 에르완이 이어서 말했다.

"이제는 그러려니 하지만 좀 웃기지 않아요? 소카 씨가 인핸서가 되어서 그림을 그리면 그건 똑같은 그림이 아닌 건가? 막말로 뇌나 손가락, 안구를 교체하는 것도 아니고 폐잖아요. 기계 장치가 들어간 몸을 통하면 진짜 예술이 아니라는 건 아무리 생각해도 해괴한 신념이라고요. 예술위원회인지 뭔지 사실 무슨 종교 집단 같아요."

마리안을 향한 호의와 별개로 에르완도 그 점에 대해서는 소카를 연민했다. 내 생각도 크게 다르지는 않았다. 다만 나는 어째서 인간이 그림이라는 걸 그리고 그것을 감상하는지조차도 잘 모르는 사람이기에, 예술가 당사자로서 소카 자신이 해당 규정에 전적으로 동의한다면 그 의견도 존중해야 한다고 여길 뿐이었다.

소카의 일행이 돌아오기로 한 시간이 한참 지났는데도 현관은 고요했다. 덕분에 나는 아무 방해 없이 내가 원하는 순서대로 내 속도에 맞춰 청소를 할 수 있어서 편했다. 가끔은 이런 날도 나쁘지 않을 듯했다.

그런데 저물녘까지도 세 사람은 돌아오지 않았고, 위나의 플라이모가 전조등을 반짝이며 도착한 것은 자정이 가까울 무렵이었다. 뒤따라온 다른 플라이모 한 대도 그 옆에 나란히 착륙하더니 구급대원 두 사람과 유르가 박사가 문을 열고 나왔다. 그들은 주사약과 호흡기 따위를 주렁주렁 달고 박스형 들것에 실린 소카를 그 안에서 내렸다. 떠날 때보다 훨씬 요란해진 복귀에 현관을 열었던 바사의 눈이 휘둥그레졌다.

"이게 대체 무슨 일이에요, 위나 씨?"

"위험한 상황은 넘겼으니 천천히 얘기하죠. 지금은 좀 쉬고 싶네요."

뒷일은 맡기겠다며 위나는 피로에 지친 얼굴로 집무실에 들어갔다. 나는 유르가와 구급대원을 도와 소카를 방으로 옮겼다. 이전에 없던 기기와 의료 장비들이 침대 양쪽에 자리를 차지했다. 유르가는 소카에게 들어가는 산소 농도를 조절한 다음 항생

제를 추가로 투여했다.

"감염이 있었습니까?"

내가 물었다.

"네. 소카 씨의 경우 정화 장치가 없는 곳에서 헬멧을 벗으면 그 즉시예요. 드물게 소카 씨가 일탈할 때가 있는데 제가 방심했습니다."

소카는 마치 다시 깨어나지 않을 사람처럼 깊이 잠들어 있었다. 나는 한동안 저택에 머물러야 하는 유르가를 위해 손님방을 다시 마련해야 했다.

그 후로 일주일, 소카의 몸에는 열이 쉴 새 없이 오르락내리락했고 흉통과 호흡곤란 증세가 하루에도 몇 차례씩 그를 할퀴고 지나갔다. 복도를 지나치다 나는 어쩔 수 없이 그 소리를 고스란히 들어야 했다. 누군가 목을 조르고 있는 건 아닐까 싶을 정도로 그는 고통스럽게 몸부림쳤다. 육안으로는 보이지도 않을 감염원이 그의 몸 전체를 좌지우지하는 중이었다.

침실의 램프는 잠시도 꺼질 줄을 몰랐다. 나는 오전과 오후에 한 번씩 내부를 빠르게 정돈하는 수준으로만 청소한 다음 서둘러 그곳을 빠져나왔다. 토사물이 있거나 소변 실수가 있을 때는 시간이 조금 더 걸렸다. 그렇게 잠깐씩 본 소카는 자리에 누운 채 호흡기에 의지해 숨을 붙들고 있는 것조차 버거워 보였다. 몇 시간이나 지치지 않고 그림을 그리거나, 유유히 수영하거나 했던 일은 비현실처럼 느껴졌다.

"물어볼 게 있는데요, 뤽셀레."

거기서 한 주가 더 지났을 때, 소카가 나를 불러 세웠다. 그동안 청소하는 나를 조용히 시선으로 좇으면서도 말을 건 적은 없었는데 무척 오랜만에 들려온 말소리였다. 아직은 색색거리는 숨소리가 짙었다.

"네, 말씀하세요."

짧게 끝날 이야기가 아닌 건지 소카는 손을 뻗어 의자를 가리켰다.

"원래 파일럿이었다면 처음부터 흑백증은 아니었을 텐데. 무슨 일이 있었던 거예요?"

자리에 앉자마자 뜻밖의 질문이 들려왔다. 즉답이 없는 나에게 눈 밑이 푹 꺼진 소카가 다시 물었다.

"내 머리카락은 무슨 색으로 보여요?"

"짙은 회색이죠. 검정에 가까운."

완전한 흑과 백이 아닌 이상, 나에게 세상 모든 것은 명도의 차이로만 존재할 뿐이었다. 나는 주변을 살핀 다음 협탁에 놓인 약병을 가리켰다.

"저것과 비슷합니다."

그 방향을 확인하고 소카는 웃었다. 그 바람에 기침이 터졌고 그렁대는 가래를 뱉도록 도와주는데 시간이 약간 걸렸다.

"맞아요. 흑갈색. 흑백증이라고 해도 눈이 제법 밝은데요? 그것도 일종의 직업병인가."

"마침 비슷한 색깔이 곁에 있었을 뿐이죠."

나는 고철 처리장에서의 실수를 떠올리며 그렇게 말했고, 소카는 제 첫 번째 질문에 대한 나의 대답을 가만히 기다리고 있었다. 누워만 있는 것도 좀이 쑤셨는지 기분 전환할 이야깃거리가 필요한 듯했다.

"말하자면 긴 사연이라서요."

"상관없어요. 시간은 많고 나만 이렇게 꼴사나운 모습을 보일 수는 없지."

어딘가 온전하지 못한 오가닉끼리 약점 교환이

라도 하자는 건가. 나는 자리에서 일어났다. 어처구니없는 요구에 응할 이유는 없었다.

"그만 나가보겠습니다."

"뤽셀레 씨가 인핸서 수술 받을 비용을 만들어주는 사람이 누군지 잊은 건 아니죠?"

소카는 마리안에게 했던 공격을 나에게도 동일하게 적용했다. 나는 정색하고 소카를 잠시 바라보다가 문 앞에 선 그대로 이야기를 시작했다.

"몇 년 전에 세이네의 한 의약품 공장에서 폭발 사고가 있었습니다. 로레인…… 그러니까 아내가 거기서 일했는데 직원 일부가 사고 구역에 고립되었다는 소식을 들었어요. 스케줄도 내팽개치고 당장 달려갔죠."

최대한 냉담한 어조로 말했다.

"소방대, 구급대의 인핸서들이 구조 중이었지만 로레인은 아무 데도 안 보였어요. 조바심도 났고 기다리고 있기만은 힘들어서 방독면 하나를 챙겨 들고 구조대에 섞여 현장에 들어갔습니다. 저도 운항 중 비상시 구조 훈련은 늘 받아왔으니까요."

비슷할 거라고 여겼으나 그 안에 들어갔을 때 상

황은 생각보다 심각했다. 유독한 연기 속을 더듬어 헤매며 목이 터져라 로레인을 불렀다. 결국은 찾아냈다. 내 목소리를 알아차린 로레인이 정신을 잃기 직전 사력을 다해 소리쳐 자기 위치를 알려왔다. 그렇게 밖으로 탈출할 수 있었다. 모든 것이 불과 이삼 분 사이에 벌어진 일이었다.

"운이 좋았다고 생각했죠. 정말로."

그런데 이 년 뒤 나의 시야에 문제가 생겼다. 세상이 갑자기 색채 잃은 풍경을 불쑥 들이밀기 시작했다. 뉴스에서는 당시 폭발 사고 생존자와 구조대 일부에게 흑백증이 나타나고 있다는 소식을 보도했다. 특정 약물의 비정상적 노출로 인한 시신경 부작용으로, 천 명당 한 명꼴로 발생하는 확률이었다.

"하지만 어디에도 말하지 않았습니다. 로레인에게도요. 일단 아내에게는 부작용이 전혀 없었고 제 증상은 하루에 고작 십 초 남짓이었어요. 지나가는 섬망처럼요. 차라리 상태가 아주 나빴다면 진작 인핸서 수술을 고려했을 테지만 그 정도는 아니었으니까요. 그렇게 상당 기간 적응하다 보니 뒤늦게 밝히기도 애매해졌죠."

소카의 미간이 좁아져 있었다.

"압니다. 지금 생각하면 여객기 파일럿으로는 무책임한 판단이었다는 걸. 하다못해 자동 항법을 쓸 수 없는 위급 상황에는 기내의 산소 농도나 압력, 기온 모두 색으로 즉각 판단해야 하는데요. 유영 작업에서도 말할 것 없고요."

그러나 문제가 일어난 곳은 우주 한복판이 아니라 아주 가까운 곳에서였다. 최초 증상이 나타나고 몇 개월 후, 로레인과 아소르로 한 달간 휴가를 떠나는 날이었다. 늘 출근하는 곳이자 여객기 탑승장인 인터포트로 플라이모를 운전해 가던 도중, 시야에서 모든 색깔이 한 번에 증발했다.

십 초, 이십 초, 일 분이 지나도 색이 돌아오지 않았다. 교통 신호 식별이 불가능했고 더 이상 감으로만 운전해서는 안 되었다. 일단 근처에 플라이모를 잠시 세우기로 했다. 그리고 로레인이 지나친 충격을 받지 않도록 경과와 상황을 잘 설명해야 했다. 자율주행 모드로 전환하고 비상 정차 구역 탐색을 설정하자 플라이모가 왼쪽 비행 레인으로 움직였다. 플라이모만큼은 수동 운행을 고집하는 내가 핸들에서 손을 떼자 로레인이 무슨 일이냐며 걱정스럽게 물었다.

그때였다. 비행 레인 변경 완료 알림이 계기판에 뜬 동시에 굉음이 울리며 플라이모가 격렬하게 흔들렸다. 여전히 회색빛인 세상이 이리저리 뒤집히기 시작했다. 바꾼 비행 레인의 후방에서 달려오던 다른 플라이모가 우리를 정면으로 들이받은 것이었다. 사고 원인은 그 플라이모의 브레이크 오작동이었다. 로레인은 그 자리에서 사망했다. 우리의 모래시계는 그렇게 멎었다. 혼자 살아남은 나는 반년 동안 의료센터의 신세를 져야 했다. 많지 않던 재산과 약간의 보상금은 그런 내 몸뚱이에 숨이 붙어 있게 하는 데 남김없이 들어갔다.

"제가 진작 흑백증을 인정하고 적절한 대안을 찾았다면, 그래서 제대로 신호를 읽을 수 있었다면 애초에 자율주행을 선택할 일도, 그래서 그 비행 레인으로 이동할 이유도 없었겠죠."

말할 수 있는 건 여기까지였다. 혼자서는 하루도 빠짐없이 복기하며 자책해도 이 모든 일을 타인에게 구체적으로 고백하기는 오늘이 처음이었다. 술

직히 어떤 얼굴을 해야 할지 알 수 없었다. 약점 교환을 요구한 소카도 마찬가지였다. 미안하다거나 애도를 전한다고 말하면 어울릴 그런 눈을 하고는 있었는데, 소카가 그런 사려 깊은 종류의 말을 편히 할 리 없었다. 그래서 내가 물었다.

"저도 질문 하나 해도 되겠습니까?"

지난번 수영장에서처럼 하나씩 주고받기다. 소카는 짧게 고개를 끄덕였다. 못되게 굴기는커녕 뭐라도 대답해 줄 표정이어서 내 잘못은 조금도 없는데 괜히 애처롭게 보였다.

"제가 그날 본 그림, 뭘 그리신 건지요. 도대체 뭐가 뭔지 전혀 모르겠던데."

무언가 흩어지는 것 같기도 폭발하는 것 같기도 했던, 최근에 완성한 그 작품 말이었다. 소카의 눈빛이 달라졌다. 그게 어떤 방식이든 자기 작품에 타인이 관여하거나 참견하는 것을 소카가 극도로 싫어한다는 것쯤은 이제 나도 알고 있었다. 일종의 결벽이었다.

사실 이 질문은 현재 나의 언짢음을 완곡하게 전하는 행위였다. 흑백증 청소부 주제에 천재의 작업에 관해 캐묻고 평하다니. 당연히 진지한 대답을 기대하진 않았다.

"제목은 〈4월 30일〉."

소카의 나직한 목소리가 들려왔다.

"그 날짜에 내가 꾼 꿈을 가져와 그린 거예요. 뤽셀레 씨는 다 구별할 수 없겠지만, 그 작품을 위해서 한 조색이 이백 종류가 넘어요. 덕분에 꽤 화려하죠. 어쩌면 징그럽다고 할 수도 있고. 현기증이나 멀미가 날 만큼."

눈앞에 그림이 있기라도 한 것처럼 소카는 신중하게 설명했다.

"그게 정확히 무엇이냐고 묻는다면 이름을 붙여서 말할 수는 없어요. 그저 꿈으로 목격한 것을 조각내서 하나하나 차례로 불러내는 거니까. 그런데 사람들이 그걸 좋아하더라고요. 불가해한 환상의 만화경이라고. 누군가는 영적인 의미가 있다고. 하지만……."

그의 입가에 희미한 미소가 걸렸다. 쓴웃음이었다.

"나도 내 그림을 좋아하는데, 그런 이유는 아니에요."

소카는 잠시 침묵을 지키다 이렇게 덧붙였다.

"내가 가장 멀리 갈 수 있는 유일한 바깥이거든요. 꿈은."

그러고는 왠지 그 말을 해버린 것을 후회하는 얼굴로 돌아누웠다. 이만 휴식이 필요해 보여서 나도 조용히 방을 나왔다.

사실 내가 궁금했던 것은 그림의 해석이나 그것을 그린 속내가 아니라, 자격 검진 날 어떤 결과를 불러올지 뻔히 알면서도 그가 스스로 산소 헬멧을 벗어버린 이유였다. 그러나 소카의 이야기를 듣고 나니 그러지 않기를 잘했다는 생각이 들었다.

그의 현실에서 산소 헬멧의 바깥은 고통을 뜻했다. 거기서 조금 더 멀리 간다면 도달할 장소는 아마도 죽음.

소카는 차라리 침묵할지언정 속에도 없는 말을 지어낼 사람은 아니었다. 그의 대답은 내가 담담한 소리로 '그렇군요' 하면서 적당히 끝낼 내용과는 거리가 멀었을 것이다.

거부할 수 없는 제안

"이거 괜찮은데요. 접어서 보관하면 자리도 안 차지하고."

내가 한 달에 걸쳐 틈틈이 만든 접이식 테이블을 보고 에르완이 감탄했다.

"쓸모는 있겠군."

바사도 마음에 들어 했다. 이제는 봉투를 무릎에 올려둔 채 조심조심 먹지 않아도 되고 식기도 더 자유롭게 쓸 수 있었다. 치울 때도 훨씬 편해진 건 두말할 필요가 없었다.

"위나 씨한테 말하지는 마. 재주가 많은 걸 알면 틈날 때마다 이것저것 더 시키려 할 테니까."

바사가 점심 봉투에서 샐러드와 달걀, 콩 요리를 꺼내며 충고했다.

"나만 당할 수는 없는데 아쉽네."

에르완이 불만을 표했다.

"네 녀석은 좋아서 하는 거잖아."

"언제나 그런 건 아니라고요."

두 사람이 옥신각신하는 사이 누군가 지하로 내려오는 발소리가 들렸다. 파자마 차림의 소카였다. 순간 우리는 모든 말과 행동을 멈추고 일제히 그를 바라보았다. 적어도 내가 이 저택에서 일하는 동안 소카가 제 발로 지하에 내려온 일은 한 번도 없었다.

"……에이프런."

소카는 작업용 앞치마를 찾았다. 자격 검진 날 그 사달이 나고 소카는 한 달 넘도록 그림을 쉬었다. 캔버스로 불러오고 싶은 괜찮은 꿈이라도 꾼 건지, 다시 작업을 시작하려는 조짐이었다. 얼굴빛이 확실히 많이 돌아오기는 했다.

"에이프런. 그럼요."

에르완이 벌떡 일어나 건조실로 들어갔다. 소카는 자기 때문에 중단된 식사 현장을 물끄러미 내려다보았다. 소카와 위나의 식사 시간은 우리보다 한 시간이 일렀다. 그것을 바사가 다 정리하고 난 다음에야 비로소 우리의 소박한 식사도 시작되었다. 그런데 어쩐지 소카는 우리의 점심을 보고 식욕이 동한 얼굴이었다.

"여기서라도 괜찮다면 소카 씨도 맛 좀 보시겠어요? 심심한 요리뿐이지만."

그 표정을 읽고 바사는 벤치 옆자리를 권했다. 그리고 에르완의 식사를 가까이 끌어왔다. 최근 소카가 음식물 대부분을 거부하고 영양 주사에 의존하고 있다는 사실은 우리 모두 알고 있었다.

다림질까지 완벽하게 끝낸 에이프런을 가지고 나온 에르완의 입이 딱 벌어졌다. 테이블에 합류한 소카가 손도 아직 안 댄 제 몫의 점심을 대신 먹어 치우는 중이었으니 그럴 만도 했다. 에르완은 뭐라 말은 못 하고 눈빛으로 바사를 원망했다.

"물 가지러 갈 건데, 제가 겸사겸사 더 떠오죠."

내가 자리에서 일어났다. 어차피 의자도 하나 더 필요했다.

"고마워라. 역시 위대한 뤽셀레야."

"위대한?"

소카가 반문했다.

"그럼요. 제가 붙인 별명이에요. 여기 이 테이블도 루가 만들었답니다."

어린아이에게 말을 가르치는 선생처럼 바사는 소카에게 차근차근 설명했다.

"봐요. 제법 근사하죠? 심지어 수평까지 완벽하다니까요. 마감도 꼼꼼하고."

바사가 테이블을 쓰다듬었고 소카는 덩달아 손바닥을 올려 나무의 질감을 확인했다.

"그 정도는 아니에요."

바사가 더 추켜세우기 전에 나는 그렇게 이 대화의 끝을 맺었다. 에르완도 몹시 배가 고플 것이다.

"소―카, 소카? 어디 있어요?"

그때 소카를 찾는 위나의 목소리가 들렸다.

"혹시 소카 씨 본 사람 있……."

계단을 따라 내려온 위나는 여기에 있는 소카를 발견하고 말끝을 흐렸다.

"도대체……."

왜 이런 데서 밥을 먹고 있느냐는 말이 생략되어 있었다. 그러나 우리를 의식해 표정을 가다듬고는 소카에게 상의할 게 있으니 올라가자고 했다. 소카는 그렇게 하고 싶지 않은 듯했다.

"그냥 지금 해요."

"그게…… 작품 이야기인데요?"

위나는 인내심을 지키며 말했다. 우리가 자리를 비켜줘야 할 분위기였다. 바사도 그렇게 생각했는지 슬그머니 벤치에서 엉덩이를 떼려 했으나 소카가 그러지 못하게 했다.

"먹으면서 들을게요."

위나의 입가가 살짝 일그러졌다. 오늘만 해도 소카는 위나와 함께하는 아침과 점심 식사 자리를 전부 거절했다. 그런데 지하에서 고용인들과 밥을 먹고 있는 것도 모자라 업무 대화마저 건성이라니 기분이 상할 만도 했다.

에르완은 불편함을 견디지 못하고 "아, 표백제" 하고 외치며 세탁실로 들어갔다. 나도 어디론가 피하고 싶었지만 바사가 그러지 말라고 눈치를 보내 어정쩡하게 서 있어야 했다. 결국 위나가 입을 열었다.

"좋아요. 일단 가장 궁금해할 내용부터 말하자면, 오늘 〈4월 30일〉이 라타네드 씨에게 낙찰됐어요. 소카의 역대 작품 중에 최고가를 기록했고요."

"세상에. 축하해요! 소카 씨."

위나가 전한 소식에 바사는 두 팔로 소카를 끌어 안으려다 아차 하며 멈췄다. 대화를 끊은 모양새가 된 까닭이었다.

"고마워요. 바사."

위나는 형식적인 웃음을 보인 다음 이어서 말했다.

"그런데…… 라타네드 씨가 한 가지를 제안했어요. 이번이 스무 번째 작품이기도 하고, 그걸 기념해서 소카의 모든 작품을 모아 전시회를 열면 어떻겠냐고요. 라타네드 씨는 소카의 작품을 세 점 소장 중이고, 다른 작품의 소장가 열여섯 명에게는 자기가 협조를 구할 수 있다면서요. 아, 갤러리와 보험까지 라타네드 씨의 기업에서 모두 제공한다는 조건이에요."

"이쪽 관계자들이면 내가 전시회 싫어하는 것 정도는 알지 않아요?"

소카가 포크를 내려놓았다.

"알죠, 당연히. 라타네드 씨도 그걸 모르지 않지만…… 소카의 모든 작품을 한 장소에서 볼 수 있는 행운을 모처럼 누려보고 싶은 거 아닐까요?"

"그 비용, 교섭, 전부 본인이 혼자 감당한다고? 어쩌면 그림 값보다 그게 더 클 텐데. 라타네드가 아무리 부자라고 해도 얻는 것 하나 없이 베풀기만 할 자선 사업가는 아니잖아."

전시회가 싫은 것과 별개로 소카는 그 계획 자체에 회의적이었다. 위나는 바사와 나라는 청중을 편치 않은 눈으로 한 번씩 살피고는 말했다.

"그렇게 해주는 대신 개인적인 요청은…… 한 가지 있어요."

"왜 아니겠어."

소카가 지긋지긋하다는 듯 중얼거렸다. 자주 겪는 일 같았다.

"이상한 요구는 아니에요. 의뢰였다고요. 소카의 스물한 번째 작품 의뢰."

위나가 즉시 라타네드의 입장을 변호했다.

"아니, 충분히 이상해. 내 작품 세 개나 가지고 있으면 의뢰는 안 받는다는 거 아주 잘 알 텐데."

더 듣고 싶지 않은지 소카는 에이프런을 챙겨 자리에서 일어났다. 겨우 돌아온 입맛도 전부 달아난 얼굴이었다.

"⟨4월 30일⟩ 가격의 두 배를 약속했어요!"

돌아서는 소카를 향해 위나가 다급히 말했다. 소카는 귓등으로도 듣지 않았다.

"라타네드 씨가 원하는 건 ⟨4월 30일⟩, ⟨7월 9일⟩, ⟨11월 14일⟩과 조화를 이루는 새로운 퍼즐 조각이에요. 그 신작과 함께 네 작품을 연작으로 엮어 소장하고 싶다고……."

"미친 새끼. 그 셋은 서로 아무 관련도 없어. 도대체 자기가 뭔데 나한테 이래라 저래라야."

"추가 제안도 들어봐요."

"싫어. 스물한 번째 주제는 이미 정해져 있어. 지금부터 그릴 거라고."

"일주일간 소카 씨 한 사람만을 위한 격리 전시실도 약속했다고요!"

그 말에 계단을 오르려던 소카의 걸음이 멈췄다.

"다른 관람객 아무도 없이, 그 공간에서 일주일 내내, 스무 작품 모두 소카 씨 혼자 독점할 수 있어요. 산소 헬멧 없이 자유롭게 볼 수 있도록 소카 씨의 몸과 건강 상태에 맞게 갤러리를 재건축하고 설비도 갖춘다고 했으니까요. 만약의 상황에 대비한 비상 의료팀 지원까지 포함해서요. 일주일간 아무도 방해하지 않아요. 라타네드 씨 본인을 포함한 일반 관람객은 그다음이에요."

소카는 움직이지 않았다.

"그렇게까지 할 수 있을 만큼 라타네드 씨는 소카의 세계를 아끼고 존중하는 거라고요. 당연히 생각해 둔 주제도 좋겠지만…… 그 모든 제안, 흔하지 않은 기회라는 거 알죠? 이런 완벽하고 정중한 호의를 받아들이지 않을 이유는 없잖아요. 이건 비즈니스 파트너로서가 아니라 가족으로서의 의견이에요."

위나가 소카의 어깨에 손을 올렸다.

"지난 십 년간 흩어진 작품들 한번쯤은 다시 만나고 싶지 않았어요? 그걸 모두 한 자리에서 보는 거예요. 시야 방해하는 산소 헬멧 없이 안전한 무균실에서."

위나가 전한 내용은 나도 깜짝 놀랄 만한 이야기였다. 한 사람을 위해 갤러리를 새로 지어주겠다니. 그런 건 어디 옛날이야기에나 등장하는 사건인 줄 알았다.

우두커니 서 있던 소카는 잠시 후 다른 대꾸 없이 혼자 계단을 올라갔다. 위나도 더는 그를 귀찮게 하지 않고 멀어져 가는 등을 바라보기만 했다. 입가에는 엷은 미소를 띠고 있었다. 소카가 승낙하리라고 확신한 듯했다. 라타네드라는 의뢰인의 주문작을 결국 그리게 될 거라고.

"밥투정을 좀 해서 그렇지, 우리 소카 씨 정말 대단한 사람이었네."

바사는 그가 먹다 만 부스러진 달걀 요리를 내려다보며 가만히 중얼거렸다.

새로운 일을 시작하고 삼 개월만 버티면 큰 고비를 넘긴 거라는 말이 있다. 그 시간이 '이렇게만 해 나간다면 앞으로도 못할 건 없다'는 자기 암시가 되어주기 때문일 거다.

저택에서 삼 개월을 채운 날의 내 아침 식사 봉투는 평범했다. 어떤 수식어도 없는 '루' 한 글자뿐. 바사도 이쯤 되면 내가 어느 날 갑자기 도망치지는 않겠다고 잠정 결론을 내린 모양이었다.

지난 며칠 간 저택은 평화롭다고 해도 좋을 만큼

잠잠했다. 기력을 회복한 소카는 틀어박혀 있던 침실에서 빠져나와 조금씩 움직이기 시작했다. 아틀리에와 에어 필름 상영관을 들락거렸고 수영도 했다. 호흡은 안정적이었고 불만이나 짜증으로 목소리를 높이는 일도 없었다. 그런 소카를 보며 위나도 나름대로의 안정을 되찾아갔다. 위나에게 소카라는 존재는 절대적인 시간이었다. 좋든 싫든 소카가 멈추면 위나의 일상도 멈췄고 움직일 때면 덩달아 움직였다.

    그 영향 아래 놓인 사람은 위나만이 아니었다. 우리 고용인들 역시 소카를 통해 각자의 존재감을 확인하는 사정은 마찬가지였다. 소카가 작업을 멈춘 동안 나에게는 아틀리에의 미술 도구를 정리할 의무가 사라져버렸다. 더러워진 붓과 나이프, 정교한 스펙트럼이 펼쳐진 팔레트, 탁한 물통과 기름통, 얼룩덜룩한 수건과 에이프런, 부주의하게 튄 물감 얼룩들, 무질서하게 흩어진 물감 튜브, 그리고 캔버스를 감싼 병풍이 없는 깨끗한 아틀리에는 기이할 정도로 낯설게 보였다. 어질러지지 않았으니 정돈할 것도 없는 당연한 인과에 불과한데도.

처음 며칠은 업무가 줄었다는 정도의 느낌이었으나 그 기간이 점차 길어지자 이건 뭔가 잘못되었다는 신호로 받아들여졌다. 이와 비슷한 위화감은 전에도 느껴본 적이 있었다. 있어야 할 사람이 사라진 자리. 존재해야 할 것이 없는 세상. 소카의 표현을 빌려 말하자면 거대한 부재.

물론 로레인의 이야기까지 하지는 않았지만 할 일이 사라진 상태의 난처함을 점심 때 고용인들과 나누다가 나는 다소 충격적인 바사의 비밀을 알게 되었다.

"인핸서요? 바사가?"

처음에는 잘못 들었다고 생각했다. 바사가 인핸서라니. 대체 어디가, 라는 시선으로 자기의 전신을 탐색하는 나를 바사가 아프게 꼬집었다.

"무례하기는!"

"그렇게는 절대 알 수 없지. 엄청 사치스러운 강화거든요."

에르완이 킥킥 웃으며 끼어들었다. 그러니 더 궁금해졌다.

"여기라고, 여기."

바사가 가리킨 곳은 자기의 입, 정확하게는 혀였다.

"미뢰와 미각신경은 원래 내 것이 아니야. 팔 년 전에 위나 씨가 수술을 후원해 줬어."

"특별한 이상이라도 있었던 겁니까?"

따끔한 팔을 문지르며 내가 물었다.

"사람이 나이 들면 이상이 생기는 게 오히려 자연스럽지. 노화라는 이상 말이야. 그런데 소카 씨가 다른 사람의 음식은 입에도 대지 않으니까."

바사는 소카가 태어나기 전부터 이 저택에서 일했고 부모 모두를 일찍 여읜 소카는 평생 바사의 음식만 먹고 자랐다. 그런데 팔 년 전, 바사의 미각이 둔해지면서 소카의 건강에 적신호가 켜졌다. 위나는 유르가와 상의 후 균일한 미각을 유지할 수 있는 인핸서 수술을 바사에게 제의했다.

"나는 원체 튼튼하기도 하고, 그래서 기계 장치 따위를 몸에 심는 건 더더욱 반대해 왔는데…… 심장도 아니고 혓바닥 하나라니까 그 까짓것 싫었어. 다른 게 아니라 내가 좋아하는 어린양을 먹여 살리는 일이기도 하니."

하지만 소카가 언제까지고 바사에게 기대 살 수만도 없는 노릇이었다. 그런 건 바사 자신이 더 잘 알 것 같아서 입 밖으로 꺼내 말하지는 않았다.

"이 집에 제가 모르는 인핸서가 또 있습니까?"

말이 나온 김에 확인차 물었다.

"없어. 나 하나야. 한 번씩 들락대는 의사양반 빼면."

"위나 씨도 아니고요?"

"응. 완벽한 오가닉이지. 유르가가 간혹 이것저것 권유하지만 전부 거절해."

그건 다소 의외였다.

"본인은 예술가가 아닌데 굳이 엄격할 필요는 없지 않나요?"

"그렇지만 위나 씨는 '그림을 대하는 몸'이 어떤지도 중요하게 여긴다고 하니까. 타인이 뭐라고 참견할 수 있는 일은 아니지."

그림에 문외한인 내겐 공감하기 힘든 관점이었다. 그러나 모든 상황을 종합했을 때, 소카의 손끝에 이 저택 전체의 리듬이 달려 있음은 부정할 수 없었다.

우리는 소카가 라타네드의 의뢰를 수락했는지 아닌지 모르는 상태였다. 굳이 물어볼 일도, 소카가 일부러 알려줄 사항도 아니었다. 다만 분명한 것 하나는 소카가 지금 아무것도 그리지 않고 있다는 사실이었다.

매일 아침 여덟 시, 소카는 어김없이 아틀리에로 직행한다. 그렇게 몇 시간을 보낸 뒤 중간에 잠시 점심을 먹고, 수영으로 몸을 풀거나 에어 필름을 본 다음 다시 아틀리에로 돌아가서 저녁이 될 때까지 나오지 않는다. 그동안 아틀리에의 램프는 내내 선명히 밝혀져 있다.

이튿날 새벽, 나는 눈에 익은 혼돈을 예상하며 아틀리에의 문을 열지만, 내부는 기대한 것보다 깨끗하기만 하다. 기본 청소만 해도 되는 상태. 정돈할 것이 보이지 않는다. 불을 켜서 확인하기 전 냄새만으로도 먼저 알 수 있다. 물감 냄새가 없다. 단 한 가지 색깔도 아직 튜브 바깥으로 빠져나오지 않았다. 〈4월 30일〉과 비슷한 크기의 대형 캔버스는 텅 비어 있을 것이다. 병풍이 둘러쳐져 있지만 짐작하기는 어렵지 않았다. 오늘 역시 붓, 나이프, 수건,

무엇 하나 오염된 것이 없었다. 스케치용 연필의 길이도 어제와 차이가 없었고, 혹시나 하고 살핀 바닥에는 연필밥 한 톨 떨어져 있지 않았다.

그 상태가 일주일 넘게 지속되자 소카는 여기서 뭘 하고 있는 걸까, 그게 궁금해질 따름이었다. 어차피 아무것도 안 할 거라면 침실에서 편히 쉬기라도 하는 게 여러모로 낫지 않나. 위나의 눈치라도 보는 건가. 그런 생각을 하면서.

"다시 파일럿이 될 계획이에요? 인핸서가 되려는 이유요."

물에 둥둥 뜬 채 수영장의 천창을 쏘아보고 있던 소카가 나에게 물었다. 오랜만에 날아온 질문이었다.

사 층에는 우리 두 사람뿐이었다. 청소를 끝내려면 아직 멀었는데 지난번처럼 소카가 멋대로 쳐들어왔다. 그래도 요즘은 한 공간에서 서로를 방해하지 않고 각자의 할 일을 계속하는 요령을 적당히 터득해 가는 중이었다.

"모르겠습니다. 어떻게 하는 게 좋을까요?"

나는 솔직하게 답하면서 질문을 돌렸다.

"내가 그걸 어떻게 알아요."

소카는 퉁명하게 되받았다.

"그렇죠. 나도 모르겠는데 누군들 알겠어요."

사실 소카의 이번 질문은 내가 스스로에게 매일 하고 있는 것이었다. 인핸서가 된 후의 네 삶은 뭐냐고. 하지만 내가 장담할 수 있는 미래는 지금 이 대걸레가 지나간 자리의 타일이 한동안 미끄럽지 않다는 것 정도였다. 아무리 밝은 눈을 가졌다 해도 미래는 꿰뚫어 볼 수 없다. 내가 대걸레 자루를 밀고 나가는 방향을 나란히 따르면서 소카가 말했다.

"뤼셀레 씨는 흑백증을 그리 개의치 않아 하는 것처럼 보여서 물어본 것뿐이에요. 그 이유 아니면 없을 것 같아서."

소카는 그렇게 생각할 수도 있을 것이다. 적어도 이 저택에 머무는 한 나의 흑백증은 대단한 문제가 아니므로.

"글쎄요."

지금 나에게는 어떤 종류의 핸들도 잡고 싶은 마음이 없었다. 그것이 에이블의 여객기든 조그만 플라이모든. 시각 능력을 회복한다고 해서 로레인을 되살릴 수 있는 것도 아니었다. 사실 수술에 집착하는 이유는 나조차도 분명히 알지 못한다.

"아니면 그저 원점으로 돌아가고 싶은 건가."

그때 소카가 불쑥 그런 이야기를 꺼냈다.

"뭔가 하기는 해야겠는데 뭘 해야 좋을지 모를 때는 그게 유일한 방법이나 다름없잖아요. 원점이 내가 아는 단 하나의 방향이라면."

걸음이 멈췄다. 두 발은 어느덧 수영장 끝 모서리에 다다라 있었다. 소카는 물속에서 유연하게 방향을 틀어 반대쪽으로 다시 헤엄쳐 나아갔다. 어쩌면 그의 말이 맞을지도 몰랐다. 흑백증에서 벗어나려는 게 아니라 이것만이 내가 돌이킬 여지가 있는 유일한 무언가라서. 마치 어질러진 방을 깨끗이 청소하듯이.

"질문해요. 뤽셀레 씨도."

주고받기가 게임의 규칙이 된 것처럼 소카가 말했다. 그제야 나도 대걸레의 방향을 바꿨다. 그렇지 않아도 한번쯤은 묻고 싶은 것이 있었다.

"제 수술 이야기가 나와서 말인데, 소카 씨야말로 인핸서가 되려는 생각이 없습니까?"

질문이 끝남과 동시에 물소리가 멎었다. 풀장 중앙에 멈춰 선 소카가 몸을 돌려 나를 보았다. 기다린 적 없는 손님을 갑작스레 맞이한 것처럼 그의 얼굴에 당혹감이 스쳐 갔다. 적막이 길어지자 나는 그 앞에서 설명을 덧붙였다.

"그럼 산소 헬멧 없이도 외출할 수 있잖아요. 그게 어디든 얼마나 멀든. 여기 발렌을 벗어나서 아소르 행성, 아니, 이 소행성대 바깥으로도 나갈 수 있겠죠. 연합 가장 끝에 있는 탈리오라는 아소르에 비할 수 없을 만큼 아름다워요. 꿈은 아무리 멀어도 꿈일 뿐이죠. 진짜 바깥이 아니라."

짙은 회색빛 머리카락 끝으로 물방울이 한참 떨어져 내리는 동안 소카는 입을 벌린 채 아무 말이 없었다. 내 의견에 중대한 오류가 있는 것인지, 아니면 지난 스물네 해 동안 그런 생각조차 해본 적 없는 사람의 충격인지 구분하기가 어려웠다.

"나는……"

겨우 입을 연 소카는 평소답지 않게 오래 머뭇거렸다.

"나는…… 그림을…… 그려야 하잖아요. 어떻

게……."

 그 단순한 자기 변론을 소카는 고해성사라도 하듯 힘겹게 말했다. 아무것도 그려지지 않은 텅 빈 캔버스가 그의 위로 겹쳐 보였다. 단 하나의 목적을 위해 준비된 정해진 크기의 공백이. 다른 말로 하자면 그의 유일한 존재의 이유가.

 "어떻게 그런…… 말을 할 수가 있어요."

 말끝이 떨렸다. 거기에 대고 폐를 강화한다고 해서 정말로 그림을 못 그리게 되는 건 아니지 않느냐, 육체의 고통을 감내하면서 그 일을 계속할 필요가 있느냐는 소리를 더할 수는 없었다.

 "한심한 질문이었네요. 죄송합니다."

 나는 즉시 사과하고 질문을 철회했다. 그렇게 하지 않으면 소카는 방향을 잃어버린 사람처럼 그 자리에 영원히 서 있을 것만 같았다.

 다음날 새벽, 소카는 아틀리에 구석에 담요를 만 채 잠들어 있었다. 캔버스는 짐작했던 대로 백지였다. 감출 내용물이 없어서인지 이제는 병풍으로 닫아두지도 않았다. 내 인기척에 소카는 몸을 이리저리 뒤척이다 굼뜨게 일어났다. 느릿느릿하기만 한 게 아틀리에를 바로 떠날 기미가 없어 보였다.

"청소 시작하려고 하는데요."

"필요 없어요."

"하지만 위나 씨가……."

"나가."

소카는 나를 쳐다보지도 않고 그렇게 말하고는 캔버스 앞으로 의자를 끌어와 앉아 그 텅 빈 사각형을 꼼짝하지 않고 바라보기 시작했다.

내가 아는 소카의 표정은 보통 셋 중 하나였다. 심드렁하거나 불만에 차 있거나 오만방자하거나. 그러나 지금은 전부 아니었다. 불안이라고 해도 좋을, 처음 알게 된 얼굴이 있었다. 그가 최근 계속 이렇게 있었으리라는 심증이 찾아왔다. 그렇다면 라타네드의 의뢰를 수락했다는 뜻일까. 원래 그리고 싶었던 주제라면 이렇게 시간을 허비하며 보낼 이유가 없었다.

그럴 의도는 조금도 없었지만 어제의 나는 무엇을 그려야 할지 몰라 앞이 캄캄한 그에게 왜 인해서가 되지 않느냐고, 즉 예술가가 아닌 보통 인간으로

사는 게 낫지 않느냐고 자극한 꼴이 되었다. 막힌 창문을 눈앞에 둔 사람에게 진짜 바깥 운운하면서. 그에게는 그 말이 '박제'보다 더한 모욕인 듯했다. 결과적으로 어제 나의 질문은 안 하느니만 못한 것이었다.

"소카 씨, 어제는……."

"나가라고요."

소카는 변명할 틈도 주지 않았다. 그리고 그 방이 어디론가 떠내려가지 못하도록 내려둔 묵직한 닻처럼 온종일 그렇게 앉아 있었다.

유르가의 경고

"주문받아 그리기는 난생처음이라 그럴 테지."
"그냥 아무거나 그리면 안 되는 건가."
바사와 에르완이 차례로 말했다. 둘은 이미 식사를 마쳤고 오늘 나는 입맛이 없어 먹는 속도가 느렸다.
"나야 예술의 세계는 모르지만, 소카 씨 그림이 솔직히 이렇다 할 뚜렷한 형태가 정해져 있는 게 아니잖아요. 일단 떠오르는 대로 적당히 그렸다가 뜻은 나중에 갖다 붙여도 다들 납득하지 않을까요?"
"그게 그렇게 간단하면 너는 왜 화가가 아닐까, 뚝딱아."
바사가 혀를 찼다.
"그림 아니어도 세상에 재미있는 게 얼마나 많아

요. 그나저나 소카 씨도 궁지에 몰릴 때가 있다니 그건 되게 신기하네요. 안 그래요?"

사 년째 여기서 일하는 에르완도 소카의 이런 모습은 처음 본다고 했다. 그러나 걱정하는 표정과는 거리가 멀었고 약간 고소해하는 듯했다. 에르완과 소카는 동갑이었다. 입장은 달라도 그 또래의 고유한 주파수로 늘 서로를 견제하거나 탐색하곤 했다.

"정 어렵다면 이제라도 취소할 방법은 없는 겁니까?"

내가 물었다. 바사는 소카의 평생을 곁에서 봐왔으니 이런 일이 어떻게 굴러가는지 알고 있을 것 같았다.

"소카 씨도 자존심이 있는 거지."

의뢰받았을 때는 반발했어도 사실 라타네드는 간단하게 무시할 수 있는 인물이 아니라고 했다.

"역시 그림값 때문이겠죠. 최고가 작품의 두 배라니."

에르완이 확신했다.

"그것보단 전시회 때문일걸."

바사가 말했다.

"소카 씨가 전시회를 열지 않는 이유는, 정작 본인은 다른 사람들처럼 거기에 있을 수 없어서잖아. 일종의 불쾌한 농담 같은 거니까."

불쾌한 농담. 내가 면접에서 위나에게 했던 말이었다. 그림을 왜 싫어하느냐는 질문에 대한 답이었다.

"하긴, 산소 헬멧이라면 자다가도 진저리를 치니까요."

"그런데 격리 전시 조건을 내밀었다는 건, 라타네드가 이쪽이 뭘 원하는지 정확히 꿰뚫어 보고 있다는 거야."

"둘이 친했어요?"

에르완이 찡그리며 물었다.

"서로 어떻게 생겼는지도 모를 거다. 그게 진짜 무서운 지점이고."

"무섭다뇨."

"그림만 보고도 안다는 거니까, 그 라타네드는. 그런 의뢰인의 주문에 아무거나 그린 다음 적당히 뜻을 갖다 붙이라고? 어림도 없는 소리인 건 소카 씨가 제일 잘 알지. 지금 저러고 있는 것도 나는 충분히 이해가 된다."

바사가 고개를 흔들었다.

"그러고 보니 나도 소카 씨에 대해서 잘 아는 게 하나 있는데요. 아저씨, 이제부터 각오하는 게 좋을 거예요."

에르완이 안타깝다는 눈으로 나를 보았다.

"뭘."

"소카 씨 한 번 뒤틀리면 인간이 왜 저러나 싶을 만큼 뒤끝 진짜 오래가거든."

"괜찮을 거야. 우리 위대한 뤽셀레는 우주만큼 마음이 넓으니까 말이야."

바사가 내 편을 들어주었지만 나는 아무 대꾸도 하지 않았다. 뒤끝에 관하여서는 사실 나라고 크게 다를 바 없는 인간이었다. 내가 만일 좀 더 너그럽고 덜 뒤틀린 사람이었다면 애초에 세이네 행성을 떠나지도 않았을 것이다.

에르완의 경고대로 그날 이후 소카의 태도는 하루가 다르게 무례하고 싸늘해졌다. 스쳐도 인사는커녕 눈길조차 주지 않는 것은 물론이거니와 그 어떤 질문도 대화도 없었다. 그저 내가 청소 중인 공간에서 어쩔 수 없이 마주칠 때면 이 한마디만 툭 내뱉었다.

"나가."

아틀리에, 수영장, 식당, 응접실 어디서든 마찬가지였다. 나도 내 나름대로 정한 하루 업무의 흐름이 있다는 걸 소카가 고려해줄 리 없었다. 일부러 그러는지도 몰랐다. 처음엔 마저 끝내면 안 되겠느냐고 양해를 구해보았지만 소카는 입을 다문 채 나를 노려보았고 그 뒤로는 다시 묻지 않았다. 그런 상황이 반복되자 청소를 제시간에 끝마치기가 힘들어졌다. 저녁 식사 후 남은 일을 겨우 마무리하면 밤 열 시, 열한 시가 되어 있었다.

어느덧 벽과 문 너머에서 위나와 소카가 다투는 소리도 들려오기 시작했다. 아틀리에에는 여전히 물감 냄새가 나지 않았고 나는 매일 바닥과 벽면, 가구만을 청소했다. 좋은 신호라고 할 만한 일이 없었다.

바사는 그의 작업 상황이 문제지 내 잘못은 아니라고 했다. 그래도 일말의 부채감이 사라지지는 않았다. 소카의 인생은 시작도 끝도 그림이다. 그날 내가 던진 질문은 그 절대적 방향을 아주 간단히 지워버리는 행위였다.

작은 점 하나조차 캔버스 위에 자리 잡지 못한 채로 시간은 빠르게 흘렀다. 자격 검진 날짜가 다시 찾아왔다. 두 달 전 일의 후유증으로 출발 전부터 집 안의 모두가 긴장했으나 오늘은 다행히 아무 소란 없이 점심 무렵 소카와 일행 모두 잘 복귀했다.

"소카 씨 건강은 괜찮은 거죠?"

바사가 산소 헬멧을 받아주며 물었다.

"더할 나위 없어요. 여러분 덕분에요."

대답은 유르가가 했고 위나는 피곤한 기색으로 계단을 올라갔다. 최근 소카와 위나는 서로를 향해 소리를 높이거나 찬바람 불 정도로 침묵하거나 둘 중 하나인 상태였다. 전부 그림 때문이었다. 소카가 뭐라도 그리는 중이었다면, 집안 분위기가 이보다는 나았을 것이다.

위나는 소카의 현재 상태를 이해하려 하지 않았다. 지난 십 년간 이렇게 오래 멈춰 있던 적은 한 번도 없었다고 하니, 한편으로는 필연적인 반응일지도 몰랐다. 위나는 소카 이상으로 불안해 보였다.

얼마 전에는 "내 평판을 망가뜨리려고 일부러 이러는 거냐"고 소카를 몰아붙였는데, 소카는 "뭔가를 일부러 공들여서 꾸밀 만큼 당신은 나에게 중요한 사람이 아니"라면서 조소했다. 그러고는 시위라도 하듯 나흘간 침실에만 틀어박혀 있었다. 오늘 아침이 그 닷새째였다.

그동안 나는 침실 청소를 못 했고 바사는 때마다 식사를 따로 준비해 올려야 했다. 에르완은 이러다 소카가 자격 검진마저 거부해서 우리 모두 실업자가 되는 건 아니냐고 걱정했다.

그 모든 상황에도 불구하고 소카는 오늘 침실 문을 열고 나와 그렇게 혐오하는 산소 헬멧을 착용하고, 현재 가장 상대하고 싶지 않은 사람과 동행해 자격 검진에 출석했다. 나에게는 아무리 최악의 경우라고 해도, 화가의 정체성만은 내버리지 않는다는 선언으로 느껴졌다.

"배고파 죽겠어."

소카가 지친 목소리로 중얼거렸다.

"그럼요, 그럼요. 점심 잔뜩 만들어놨으니까 기대해도 좋아요."

바사는 아이 달래듯 소카를 식당 쪽으로 이끌었다. 저런 일관된 인내심을 이십사 년째 발휘할 수 있다니 바사를 진심으로 존경하지 않을 수 없었다.

"참, 뤽셀레."

그때 층계참에 다시 나타난 위나가 나를 불렀다.

"깜빡했는데 내일 오후에 마리안이 도착해요. 손님방 준비 좀 부탁하죠."

식당으로 향하던 소카의 걸음이 잠깐 멈칫했다.

"그리고 이번에는 길게 머문다고 하니까, 그렇게 알아두세요."

"네."

대답은 했으나 벌써부터 걱정이 앞섰다. 이런 시점에 마리안의 등장이 긍정적인 효과를 가져다줄 것 같지는 않아서였다.

식사를 끝내고 돌아가려는 유르가에게 나는 잠시만 시간을 내달라고 부탁했다. 상의하고 싶은 것이 있었다. 유르가는 의아해하면서도 그러자며 걸치려던 외투를 다시 옷걸이에 걸어두고 나와 응접실로 향했다. 늘 청소만 해오던 자리에 앉으려 하니 기분이 이상했다. 외부인인 유르가가 오히려 이 저택 사람처럼 더 자연스러워 보였다.

"아무래도 발렌에 대해서는 저보다 선생님께서 더 잘 아실 테니까요. 제가 인핸서 수술 상담을 미리 좀 받아두고 싶은데, 추천해 주실 곳이 있는지 여쭙고 싶습니다."

늘 바쁜 유르가를 위해 나는 바로 용건을 꺼냈다.

"아아."

유르가는 적임자를 제대로 골랐다는 자신감 넘치는 얼굴이 되었다.

"물론이에요. 시신경 분야에 강한 센터를 알고 있어요. 원한다면 제 지인으로 예약도 잡아줄 수 있고요."

거절할 이유가 없었다. 유르가는 비서에게 연락해 최대한 이른 날짜로 그 의료센터를 예약해 주었다. 시신경 쪽에서는 가장 실력 있는 곳이라고 했다.

인핸서가 되려는 사람은 수술을 받기 전 준비해야 할 사항이 몇 가지 있었다. 먼저 의료센터와 담당의를 결정하고 정기 상담을 가지면서, 3차에 걸친 신체 적응도 테스트를 적합 판정으로 통과해야 했다. 모든 절차를 완료하는 데는 약 반년의 시간이 필요했다. 인핸서 수술은 비용이 있다고 해서 오늘 당장 할 수 있는 게 아니었다. 나는 적어도 유르가 덕분에 의료센터를 선별해야 하는 수고를 덜게 되었다.

"감사합니다."

"별말씀을요. 도울 수 있어서 기쁠 따름이죠."

나는 유르가를 배웅하며 외투를 입도록 도와주었다. 이중 현관의 바깥문이 열리자 차갑고 건조한 바람이 밀려들었다. 이제 제법 쌀쌀한 계절이었다.

"참, 뤽셀레 씨. 이건 개인적인 궁금증인데 소카 씨가 그래도 뤽셀레 씨와는 종종 편하게 대화를 나눴던 것처럼 보여서요."

외투 주머니에 손을 찔러 넣으며 유르가가 물었다.

"혹시 최근 뤽셀레 씨의 인핸서 수술 계획 관련해 소카 씨와 이야기한 적이 있었나요?"

"네."

수영장을 청소하고 있을 때 소카가 물었다. 수술의 목적은 다시 파일럿이 되려는 것이냐고.

"그렇군요."

유르가는 천천히 고개를 끄덕였다. 무언가를 곱씹는 듯했다.

"그럼 이 역시 개인적인 부탁이지만, 소카 씨와 앞으로 그 주제의 대화는 지양해 주시면 좋겠어요."

어려운 일은 아니었다. 그 주제를 포함해 그와 나 사이에는 지금 어떤 이야기도 오가지 않는 중이었다. 실컷 미움받고 있는 사람이 가진 선택지는 어차피 변변치 않았다. 다만 왜인지는 궁금했다. 내 표정에 그렇게 쓰여 있기라도 했는지 유르가가 대답을 전했다.

"오늘 자격 검진 도중에 저와 둘만 있을 때 소카 씨가 묻더라고요. 제가 아는 예술가 중에 오가닉이기를 포기한 사람이 있느냐고요. 소카 씨가 가끔 엉뚱한 말을 불쑥 꺼낼 때가 있기는 해도, 이런 경우는 처음이었거든요. 그것도 진지하게."

유르가는 한숨을 내쉬었고 짙은 입김이 서서히 흩어졌다. 왜인지 내 숨은 잠시 멎어 있었다.

"곰곰이 생각해 봤죠. 그 질문을 하게 된 이유는 뭘까. 그러다가 뤽셀레 씨의 수술 계획 이야기가 떠올라서 혹시나 하고 물어봤어요."

유르가는 소카가 거기서 자극을 받았다고 짐작하는 것이었다. 아주 틀린 추측은 아니었다.

"알겠습니다. 주의하지요."

단지 모순이 느껴질 뿐이었다. 나에게는 씻지 못할 모욕이라도 들은 것처럼 온몸으로 반발하는 중이면서 유르가에게는 그런 질문을 했다니.

"고마워요. 인핸서 수술이 모두에게 정답이 될 수는 없으니까요. 안 그래요?"

"맞습니다."

나는 순순히 긍정했다. 사실 유르가가 말한 '모두'에 해당하는 사람이 나에게는 소카가 아닌 다른 인물이었으나 그것까지 의사가 알 필요는 없었다.

"역시 말이 잘 통하네요, 뤽셀레 씨는."

그제야 유르가는 만족스러운 미소를 지어 보이며 저택을 떠났다.

두 번째 손님

 하루 뒤 저택이 맞이해야 할 손님은 두 사람이었다. 점심 무렵 먼저 도착한 마리안이 나에게 손님용 방을 하나 더 마련해 달라고 부탁했다. 친구를 초대했다면서.

 "당분간 방학이기도 하고, 자기 집은 타운 외곽이라 무료하다기에 한 달은 여기서 같이 보내자고 했어요."

 손님용 방은 둘이니 그건 문제가 안 되지만, 낯선 사람이 저택에 길게 머무는 상황을 소카가 어떻게 받아들일지는 미지수였다. 그렇지 않아도 그림 작업엔 진척이 없고 분위기는 살얼음판인데 마리안이 자기 친구와 보내는 즐거운 한때를 소카가 너그럽게 봐줄 것 같지 않았다.

"우리가 뭐 어쩌겠어요. 별일 없길 바라는 수밖에."

에르완은 어차피 관여할 수 없는 문제라며 신경을 끄자고 했다. 바사도 동의했다.

"그래, 이렇게 시끄럽든 저렇게 시끄럽든."

나는 마리안이 머물 방과 마주 보는 방향에 있는 두 번째 손님방을 정돈했다. 소카가 응급 상황일 때 유르가 지내는 곳이기도 했다. 새 침구와 필요 물품을 들여놓고 아래층으로 내려가자 거실에 소카가 보였다. 마실 것을 가지러 내려왔는지 손에 물병이 들려 있었다.

소카는 나를 지나쳐 갔다. 다른 때라면 아마 방해를 하고도 남았을 텐데 오늘은 아무 말도 없었다. 이제 나는 마리안이라는 존재감 바깥으로 자연스레 밀려난 건지도 몰랐다.

"왔어요!"

그때 마리안이 들뜬 걸음으로 계단을 내려오더니 나와 소카의 가운데를 가르듯이 휙 지나쳐 현관을 향해 달려갔다. 친구가 과연 어떤 사람인지 궁금해질 만큼 마리안은 기분이 좋아 보였다. 소카의 얼굴엔 벌써 불쾌함이 가득했다. 저 현관으로 들어올 가엾은 인간이 누구든, 싫은 소리 한마디쯤 들을 각오는 해야 할 것 같았다. 나는 일단 자리를 피하는 전략을 택하기로 했다.

"어서 와, 이든. 생각보다 일찍 도착했네?"

"아아, 한 시간 빠른 비행편에 빈자리가 났다고 데스크에서 알아서 바꿔주더라. 운이 좋았지."

현관의 소음이 차례로 지나간 후 두 사람의 대화가 들려왔다. 그와 동시에 나는 도망치던 걸음을 멈추고 뒤를 돌아보아야 했다. 이든이라는 남자의 목소리 때문이었다. 마치 유리창 안쪽에서 바깥을 향해 소리 높여 말하듯이 탁하게 울리는 음성.

소카의 반응 역시 나와 다르지 않았다. 휘둥그레진 눈으로 마리안과 이든을 번갈아 보고 있었다.

"인사해. 여긴 우리 학교 동급생 이든. 여긴 내 사촌 오빠 소카."

마리안이 이든을 소개했다. 밝은 명도의 외투를 입고 투박한 산소 헬멧을 착용한 남자를.

"초대해 주셔서 감사해요. 영광입니다."

이든은 짐을 내려놓고 소카에게 악수를 청했다.

그는 마리안만큼이나 활기차 보였고 어디서든 누구에게든 금세 사랑받을 인상이었다. 소카는 엉겁결에 손을 내밀고 말았다. 너 따위 초대한 적 없다는 독설은 처음부터 떠올리지도 못한 표정이었다.

"이제 그거 벗어도 괜찮아, 이든. 현관 안쪽은 안전하니까."

"와, 의료센터 빼고 이렇게 넓은 무균 공간은 태어나서 처음이야."

벗은 산소 헬멧을 왼팔로 감싸안아 들고 이든은 주위를 둘러보았다. 놀이공원에라도 입성한 얼굴이었다. 마리안은 나에게 방을 안내해 달라고 했다. 내가 앞장서자 소카는 가만히 길을 비켜주었다. 계단을 오르면서 어쩌면 이번 한 달이 걱정한 것만큼 시끄럽진 않을지도 모르겠다는 생각이 들었다.

이든을 완전한 불청객으로 받아들인 사람은 다름 아닌 에르완이었다. 에르완이 말 한마디 건넬 틈조차 없을 정도로 마리안과 이든이 온종일 달라붙어 지냈기 때문이다.

마리안은 이든을 좋아하고 있다. 눈빛과 표정만

봐도 알 수 있을 정도였다. 그를 이 저택에 초대한 이유도 호감과 일종의 공감대를 얻기 위한 것으로 보였다.

"뭐야 대체. 소카 씨하고는 매번 그렇게 잡아먹을 듯이 으르렁거리면서, 결국 반한 사람은 소카 씨랑 비슷한 사람이야?"

에르완은 내가 가져온 이든의 세탁물 수거함을 세탁실 안으로 뻥 차 넣으면서 불만을 드러냈다.

"하나도 안 비슷하거든."

펼친 테이블 위에 아침 식사를 꺼내며 바사가 반박했다.

"무슨 말이에요? 헬멧 쓰고 온 사람인데."

"일단 잘생겼잖니. 녹색 눈도 사랑스럽고."

그 말에 나도 모르게 터질 뻔한 웃음을 삼켜야 했다. 에르완은 뭔가 헷갈린다는 표정이었다.

"게다가 잘 웃고, 마리안도 웃게 하고. 심지어 노래와 농담도 하고."

바사가 덧붙였다.

"겨우 그게 다예요?"

에르완은 인정하지 않았다.

"겨우라니, 뚝딱아. 때로는 그게 전부란다."

바사는 '전부'에 억양을 실어 말했다.

"왜인지 소카 씨도 온순해졌고."

그건 우리 모두 수긍할 수밖에 없는 사실이었다. 이든이 도착한 이후로 소카는 한 번도 소리를 높인 적이 없고 고용인 누구도 불편하게 하지 않았다. 어제 오후부터 오늘 아침까지 나도 아무 방해 없이 청소할 수 있었다. 오랜만에 되찾은 평화였다. 덕분에 아틀리에를 다른 날보다 꼼꼼하게 쓸고 닦았다.

"참, 그림 상황은 어때요, 아저씨?"

에르완이 화제를 바꿨다. 안타깝게도 그 대답은 달라지지 않았다. 캔버스는 여전히 아무것도 없는 빈 사각형이었다.

수영장에 올라가자 나란히 놓인 선베드에 마리안과 이든이 하나씩 자리를 차지하고 있었다. 두 사람 모두 수영복 차림으로 천창에서 쏟아지는 햇빛을 만끽하며 일광욕을 즐기는 중이었다.

그런데 오늘은 풀장 내부의 청결 작업을 하는 날이었다. 이 수영장은 일주일에 한 번 물을 전부 뺀 다음 풀장 안쪽을 청소한 뒤 새로 물을 채웠다. 여간 번거로운 일이 아니지만 소카를 위해 당연히 해야 하는 작업이었다. 수영장은 이미 텅 비어 있었다. 내가 두 시에 청소를 시작할 수 있도록 에르완이 자외선 정화 장치와 여과기 작동을 중단하고 오전에 물을 빼둔 것이었다.

"저, 물이 다시 채워지는 건 저녁 식사 후일 텐데요."

약간 난감해진 나는 선베드 위의 두 사람에게 그렇게 일러주었다.

"알아요. 지금은 햇빛이 좋아서요. 한겨울에 이런 사치는 여기서만 가능하잖아요."

마리안은 따가운 햇빛에 눈가를 찡그리면서도 미소를 머금고 말했다. 오늘도 기분이 좋아 보였다.

"완은 괜찮다고 했는데, 뤽에게 방해가 된다면……"

그것뿐이라면 나도 상관없었다.

"아닙니다. 양해는 제가 구해야지요."

"우리는 괜찮아요."

"고마워요, 뤽 씨."

마리안과 이든이 동시에 말했다. 나는 물 빠진 풀장으로 내려가 청소를 시작했다. 두 사람은 학교에 관한 잡담을 이어갔다. 교수가, 수업이, 작품이 같은 단어가 언뜻언뜻 들려왔다. 산소 헬멧을 착용하고 수업에 참여하는 과정이 나도 조금은 궁금했지만 자세한 내용까지 들리지는 않았다.

잠시 후 다시 고개를 들었을 때 마리안은 챙겨온 드로잉 노트에 연필로 그림을 그리고 있었다. 모델은 물론 이든이었다. 이든은 완성본이 기대된다면서 기꺼이 포즈를 취해주었다. 두 사람은 비슷한 성정의 단란한 남매처럼 보였다. 마리안의 사적인 호감과 무관하게 평소에도 잘 맞는 친구일 게 분명했다. 소카와는 전혀 기대할 수 없는 모습이라고 생각할 때였다. 그 생각 속 당사자가 수영장 입구에 나타났다.

"소카 씨."

이든이 먼저 그를 발견하고 명랑하게 손을 들어 보였다. 나는 그가 조금도 반갑지 않았다. 바사가 잔뜩 추켜세워 준 내 인내심이란 것도 결국 무제한 자원은 아니었다. 이 작업 도중에 나가라는 소리를 들으면 그땐 고분고분 굽혀줄 자신이 없었다.

"마리안이 제 초상화를 그리고 있어요."

그런데 소카는 내 앞을 지나쳐 두 사람에게 다가갔다. 경계하면서도 관심을 놓을 수 없는 상대에게 접근하는 동물처럼 조금은 조심스럽게.

나는 잠시 손을 멈추고 세 사람을 바라보았다. 마리안이 그린 이든의 상반신 초상화가 나의 시야에도 들어왔다. 흑과 백뿐인 스케치는 원본과 내 시점의 차이가 거의 없어서인지 거리가 약간 있는데도 꽤 또렷이 보였다. 깜짝 놀랄 만큼 훌륭한 그림이었다. 이든을 쏙 빼닮은 인물이 노트를 채우고 있었다. 소카는 표정 없이 그 스케치를 내려다보는 중이었다.

"물론 오빠의 눈엔 조금도 만족스럽지 않겠지만."

마리안이 뚱한 얼굴로 선수를 쳤다.

"두 사람은 분야가 다르잖아. 물론 소카 씨는 위원회 승인을 받은 전문가지만…… 주로 추상 작업을 하니까. 어쨌든 난 양쪽 스타일 모두 좋아. 둘 다 내가 못하는 거거든."

소카가 뭐라고 입을 열기도 전에 이든이 자연스럽게 끼어들었다. 중재 요령이 나쁘지 않은 편이었다.

"그쪽은 어떤 분야를 그리는데요?"

소카는 반박 없이 그렇게만 물었다.

"이런, 저는 미술이 아니라 연극부예요."

시원한 미소와 함께 이든이 대답했다.

"동그라미 하나도 둥글게 못 그리는 사람이랍니다. 그래서 이런 초상화는 과분하고도 행복한 선물이고요."

마리안이 웃었다. 진심으로 기뻐 보였다.

"연극? 맡을 수 있는 역할이 있긴 한가."

그런 마리안은 안중에도 없이 소카가 무신경하게 중얼거렸다.

"학교 전체가 무균 시설은 아닐 테고, 헬멧 속에서 할 수 있는 거라 봐야 뻔하지."

"이든은 여러 가지에 도전하길 좋아하거든. 누구처럼 헬멧을 회피하려고 하기보다는."

마리안의 대꾸에 소카의 입가가 비틀렸다. 이번에는 적당히 넘어가지 않고 뾰족한 한마디가 나올 게 분명했다. 그때 이든이 다시 나섰다.

"아냐, 마리안. 소카 씨 말도 맞아. 솔직히 역할은 제한적이고 무대에 설 때마다 헬멧도 부담스러워. 아니라고 하면 거짓말이지. 그 안에서는 어떻게 해도 내 목소리가 어색하게 들려서 적응도 잘 안 되고. 그래도 대사는 해야 하니까 최선을 다할 뿐이야."

이든은 씁쓸한 표정으로 소카를 보았다.

"제일 싫은 건 상대역이랑 대사를 주고받는 장면인데도 가끔은 독백하는 기분이 드는 거. 도대체 내 목소리가 제대로 닿기는 하는 건가 싶을 때. 그럴 땐 내가 여기서 뭘 하는 거지, 방구석에 있는 것만 못하군. 그런 자괴감이나 드는 거지."

소카는 그의 고백을 잠자코 듣고 있었다.

"그런데 장점도 없진 않아."

"그래? 어떤?"

마리안이 물었고 소카의 눈빛도 같은 질문을 하는 중이었다.

"아버지 잔소리 듣기 싫을 땐 덮어쓰고 음 소거해 버리면 진심으로 아무것도 안 들리거든."

"뭐? 집 안에서?"

"언제라도 도망치기 좋은 패닉룸이야 헬멧은. 비

상시에는 소카 씨도 한 번 해보세요. 궁극의 평화가 찾아와요."

그 말에 소카가 웃었다. 평범한 웃음소리였다.

"그럴 수도 있겠네요."

소카는 가볍게 수긍하고서 마리안에게 노트와 여분의 연필을 빌려 풀장 반대편 선베드에 자리를 잡았다. 더 이상 마리안과 이든에게 참견할 뜻은 없어 보였다. 그저 혼자 고요히 생각에 잠겨 있다가 노트에 무언가 끼적이기만을 반복했다. 왠지 최근 그 어느 때보다도 안정적인 상태로 보였다.

나는 다시 업무로 돌아갔다. 풀장 청소를 다 끝냈을 때 마리안과 이든의 대화는 현재진행형이었고 소카의 선베드는 비어 있었다. 언제 떠났는지도 모를 조용한 퇴장은 그의 기분이 썩 나쁘지 않다는 방증이었다.

선베드 위에는 노트와 연필만 덩그러니 남아 있었다. 혹시 물이라도 튀어 젖기 전에 마리안에게 돌려줘야 할 것 같았다. 나는 풀장에서 빠져나와 두 손의 습기를 제거한 다음 노트를 집어 들었다. 동시에 맨 앞장을 차지하고 있는 그림에 시선을 완전히 사로잡히고 말았다.

그림 속 주인공은 풀장 반대편의 마리안과 이든이었다. 둘이서 대화를 나누는 모습이었는데, 마치 말소리가 노트 바깥으로 새어 나오기라도 할 것처럼 생기가 넘치는 스케치였다. 두 사람에게 깃든 부드러운 눈빛과 사랑스러운 미소가 그림에 사실감과 생동감을 한층 더하고 있었다.

마리안이 그린 이든의 초상화도 훌륭했지만, 소카의 스케치는 그렇게 논할 수 있는 차원이 아니었다. 이 그림은 다시 돌아오지 않을 찰나의 살아 움직이는 모든 것을 꽉 붙들어 둔 시간 그 자체였다. 미술에 대한 상식이 없는 나조차도 그 차이를 알 수 있었다.

노트를 돌려주자 그림을 본 마리안은 잠시 아무 말이 없었다. 자신이 아름답게 묘사되어서인지, 아니면 그림 솜씨 자체에 놀란 것인지는 알 수 없었다. 복잡한 표정을 한 마리안의 옆에서 이든은 "천재는 역시 분야를 가리지 않네" 하며 감탄했다.

그리고 이튿날 새벽 청소 시작을 위해 아틀리에 문을 열었을 때, 한동안 사라졌었던 진한 냄새가 밀려왔다. 물감 냄새였다. 스물한 번째 작품이 비로소 시작된 것이었다.

그냥 조금 멀리

"늘 이런 식이라면 마리안이 더 자주 와줘도 좋겠는데."

바사의 말에 에르완이 반박했다.

"반대예요. 손님 하나 늘면 우리 일도 그만큼 늘어나는데, 세상 뻔뻔하게 한 달을 있겠다니 염치가 없어도 유분수지."

결국 에르완의 요점은 마리안이 아닌 이든이었다. 나는 끼어들지 않고 식사 봉투를 열었다. 오늘 점심은 먹음직스러운 미트파이였다. 소카나 위나가 좋아하는 음식은 아닐 텐데, 바사는 가끔 나를 위해 세이네 사람들이 즐겨 먹는 음식을 만들곤 한다. 일일이 말하지 않아도 알 수 있었다.

"그렇게 손이 많이 가는 손님도 아닌데, 뭐."

바사가 말했다. 이든이 저택에 머문 지 이제 일주일. 나도 이견은 없었다. 이 저택의 단골손님 유르가만 해도 방 안의 온습도, 자기가 마실 생수의 온도, 세탁물과 침구의 다림질 상태까지 까다롭게 간섭했다. 그에 비하면 이든은 시중들기에 훨씬 쉬운 사람이었다.

어쩌면 그는 소카의 신체리듬에 최적화된 이 저택의 편리함과 안정감에 단순히 잘 적응한 것인지도 몰랐다. 그렇지만 소카와 비슷한 질환을 안고 살아가는 사람치고 신기할 만큼 까탈스러운 면이 없긴 했다.

그가 저택에 머무는 동안 특별히 요구한 한 가지는, 하루 두 시간 에어 필름 상영관을 이용하고 싶다는 것뿐이었다. 그 허락은 소카 당사자에게 얻어야 할 것이었으므로 우리 고용인이 관여할 일도 아니었다. 심지어 소카는 싫은 소리 한마디 없이 동의했고 그 또한 신기한 일이었다.

"구김살이 적은 사람은 주위의 구김살까지 덩달아 펴는 재주가 있으니까."

바사가 자기의 미트파이를 가르며 말했다.

"뭐야, 다리미야?"

에르완은 빈정거리며 한마디를 더했다.

"내가 봤을 때는요, 우리가 소카 씨라는 최최최악의 인간한테 워낙 오랫동안 길들여져서 이든 씨가 상대적으로 쉽게 느껴지는 거예요."

"적당히 하고 밥이나 먹어. 오늘따라 파이지가 환상적으로 구워졌으니까 행운인 줄 알고."

"잘 먹을게요. 바사."

나도 내 식사를 시작하려 할 때였다.

"뤽셀레."

이제껏 지하에는 없었던 목소리가 내 이름을 불렀다. 소리도 없이 언제 내려왔는지 소카가 층계참에서 우리를 내려다보고 있었다. 에르완은 아연실색했다가 어색한 미소를 겨우 지어 보이며 소카에게 인사를 건넸다. 소카는 에르완에게 시선을 주지 않은 채로 나에게 말했다.

"봐줬으면 하는 게 있는데 식사 끝나고 좀 와줄래요? 아틀리에로."

"그러죠."

그러고는 다른 말 없이 다시 위로 올라가 버렸다.

바사는 눈을 끔벅이면서 이 상황을 이해해 보려고 애쓰는 중이었다. 에르완은 절망적인 얼굴로 중얼거렸다.

"내 얘기…… 들었을까요?"

"최최최악? 물어봐 줄까?"

바사가 짓궂게 되물었다. 에르완은 두 팔로 제 머리를 감싸 쥐며 괴로워했다.

"그런데 새삼 무슨 일이지. 짐작 가는 거라도 있어?"

바사의 물음에 나는 어깨를 으쓱였다. 전혀 없었다. 아틀리에 청소는 평소처럼 이루어졌고 내가 기억하는 한 실수하거나 미흡한 부분은 없었다. 당연히 그림을 들춰보는 행동 따위도 하지 않았다. 지금 내가 알 수 있는 건 '나가'가 아닌 말을 무척 오랜만에 들었다는 사실 하나였다.

아틀리에의 문은 반쯤 열려 있었다. 알아서 들어오라는 신호였지만 그래도 발을 딛기 전 노크로 도착을 알렸다. 내가 새벽에 청소한 흔적은 이미 오간 데 없었다. 진동하는 물감 냄새를 배경음악 삼아 온갖 도구들이 캔버스를 중심으로 이리저리 흩어져 있었다.

내 나름대로는 반가운 오염이었다. 할 일이 없는 것보다 적당히 있는 상태가 오히려 마음 편한 고용인이니까. 지난 일주일 이 흐트러짐은 변함없이 지속되는 중이었다. 그런데 캔버스 방향은 왜인지 평소의 반대편으로 돌아서 있었다. 내가 선 위치에서는 캔버스와 이젤의 후면이 보였다. 병풍을 치는 대신 그림의 방향을 돌려둔 것이다. 소카는 캔버스 후면 앞에 놓인 의자에 앉아 잠시 휴식을 취하고 있었다.

"제가 도와드릴 일은요?"

"이건데."

소카는 일어나 아틀리에의 왼쪽 벽으로 향했다. 때때로 여기서 밤을 새울 때 그가 즐겨 눕는 구석자리였다. 거기에 디귿 자 모양의 목제 병풍이 접힌 채 기대어져 있었다.

"망가졌어요. 경첩이 느슨해졌는지 중심이 흔들렸는데, 넘어가는 걸 잡으려다 놓쳐서 쓰러졌거든요. 바닥에 부딪친 면은 절반쯤 쪼개졌고."

캔버스의 방향이 달라진 이유였다. 나는 조심스

럽게 병풍을 펼쳐보았다. 청소할 때만 해도 문제없어 보였는데 지금은 소카가 설명한 그대로였다.

"소카 씨와 그림은 괜찮습니까?"

내가 물었다. 소카는 침착해 보였고 그림도 괜찮은 것 같았으나 그래도 확인했다. 병풍 자체의 무게가 상당해서 덩달아 다쳤을 가능성도 없지 않았다.

"안 괜찮으면 위나나 유르가 씨를 불렀겠죠. 뤽셀레 씨가 아니라."

그건 내가 신경 쓸 일이 아니라는 듯 소카는 건조하게 말했다. 소카에게는 '네'라고 말하는 것보다 그게 훨씬 편한 대답이기에 나는 적당히 알아듣고 흘려보냈다.

너덜해진 병풍은 조치가 필요해 보였다. 청소부인 나를 부른 이유는 이제 쓸모없어진 병풍을 폐기물로 치워달라는 뜻일까 생각할 때였다.

"원래 이런 거 에르완이 손봐주곤 했는데, 오늘은 그 녀석 그럴 기분이 아닌 것 같아서요."

소카가 다시 입을 열었다. 역시 우리의 대화를 다 듣고 있었다.

"마침 지하의 그 테이블을 뤽셀레 씨가 만들었다

는 게 생각나서. 이런 것도 고칠 수 있나 하고요. 구조가 비슷하니까."

어려운 일은 아니었지만 다른 사람의 업무를 빼앗게 되는 흐름이 탐탁지 않았다. 에르완이 지금 지하에서 어떤 표정을 하고 있을지 눈에 선했다.

"할 수는 있지만⋯⋯ 저도 다른 일을 하면서 해야 하는 거라 오늘 당장은 어려울지도 모르겠습니다."

"상관없어요. 며칠이 걸리든. 고치기만 해요."

"그럼 에르완과 상의해서 가능한 한 빨리 수리할 방법을 찾아보죠."

그 의견에 소카는 아무 대꾸도 하지 않았다. 내가 에르완을 위한 변호를 조금은 해줘야 할 것 같았다. 아까의 대화는 예고 없던 장기 체류 손님을 치러야 하는 고용인의 부주의한 푸념이었다고.

"소카 씨, 에르완은⋯⋯."

"괜찮아요."

소카가 내 말을 끊었다.

"고용인이라면 나를 싫어할 수밖에 없다는 거 알고 있으니까. 그런 걸로 해고 걱정은 안 해도 돼요."

어느덧 소카는 돌려놓은 캔버스 앞에 가 있었다. 이제 대화는 끝났다는 선언인 동시에 그림 뒤에 숨은 것처럼 보이기도 했다. 그때 "똑똑" 하는 말소리 노크가 들려왔다. 열린 문으로 이든이 고개를 내밀고 있었다.

"오늘도 계속 작업이에요?"

마치 허물없는 친구처럼 소카를 향해 묻고는 나에게도 "안녕하세요, 뤽 씨" 하고 인사했다. 이든은 램프가 켜져 있는 걸 뻔히 보고도 굳이 노크하고 방해하는 손님이었다. 동병상련으로 소카의 호감을 약간은 샀다고 해도 이 저택 사람이라면 감히 하지 못할 행동을 언제나 자연스럽게 해서 매번 조금씩 놀라지 않을 수가 없었다.

"네."

캔버스 너머에서 소카는 짧게 대답했다.

"소카 씨는 온종일 아틀리에에서 일만 하니까 한 집에 있어도 마주칠 일이 거의 없네요. 이렇게라도 인사하지 않으면 얼굴 잊어버리겠어요."

아틀리에 안으로 이든이 걸어 들어왔다. 마리안에게 소카의 성격이나 생활 방식에 관해 아무 귀띔도 못 받은 걸까. 그게 아니라면 이렇게나 무방비하기는 힘들 것 같았다. 나는 이 손님 특유의 천진함과 과감함이 조금은 우려스러웠다. 지금은 소카의 기분도 썩 좋은 상태가 아니었다.

하지만 이든은 마리안의 손님이고 청소부가 섣불리 참견하는 것도 모양새가 이상했다. 우선 지켜보기로 하고 나는 벽에 기댄 병풍을 아래층으로 가지고 내려갈 수 있도록 다시 포개 접었다.

"정해진 작업 시간은 지켜야 하거든요."

붓질을 시작한 소카가 말했다. 이든이 천천히 다가오며 물었다.

"그 정해진 시간은 언제까지인데요?"

저택 사람이라면 누구나 할 수 있는 대답이었다. 소카는 매일 저녁 여섯 시까지 작업을 하고, 중간에 수영을 하거나 에어 필름을 감상한다 해도 한 시간 내외에 캔버스 앞으로 돌아갔다. 앓아누웠을 때가 아니면 그 패턴은 언제나 같았다. 심지어 아무것도 못 그리고 있을 때조차도.

소카는 대답하지 않았다. 마주한 캔버스에 몸을 바짝 기울인 채 세필 붓을 바쁘게 움직일 뿐이었다.

이든은 캔버스 후면 앞까지 와서야 걸음을 멈췄다. 소카 쪽으로 더 가까이 가지 않는 것을 보면 그림 노출을 싫어한다는 사실은 알고 있는 눈치였다.

"그러지 말고 오늘 하루만 게으름 부리지 않을래요? 마리안이랑 나갈 건데 소카 씨도 같이 가요, 네? 둘보단 셋이 더 재밌을 거예요."

나에게는 보이지 않는 녹색 눈을 빛내며 이든이 말했다. 그 말에 소카의 손이 멈췄다.

"나간다고요?"

소카가 되물었다. '나간다'라는 단어에 의심이 가득해진 얼굴이었다. 이든은 변함없이 쾌활한 목소리였다.

"물론 이 저택은 지내기에도 편하고 흠잡을 데 없이 완벽한데……. 그래도 일주일에 한두 번쯤은 외출하는 것도 나쁘지 않잖아요?"

소카는 가만히 눈을 끔벅였다. 이제껏 소카에게 외출이란 두 달에 한 번으로 충분한 것이었다. 그것도 반강제로. 그런 사람에게 일주일에 한두 번이라니, 소카에게는 그 말이 낯설고 기이한 언어처럼 들렸을 것 같았다.

나는 소카가 거절하리라고 생각했다. 그에게 작업 시간은 반드시 지켜야 하는 자신과의 약속이었으며 강박에 가까웠다. 더불어 외출을 하려면 그가 싫어하는 산소 헬멧이 필요했다. 그걸 쓴 채로 소카가 바깥에서 할 수 있는 일이란 많지 않았다. 헬멧을 착용한 채 학교생활도 하는 이든에게는 평범한 일상일지 몰라도, 소카에게 외출이란 오히려 고립에 한 발짝 더 가까워지는 행위나 다름없었다.

소카는 말이 없었다. 내색하지 않으려 하지만 약간 혼란스러워 보였다. 어떻게 하면 좋을지 망설이는 눈빛이었다. 이든이 다시 재촉했다.

"대단한 것도 아니에요. 잠깐 타운을 벗어나 보는 거라고요. 두세 시간? 그냥 조금 멀리."

그냥 조금 멀리. 그 세 단어에 소카의 눈동자가 움직였다.

소카는 대답 대신 붓을 내려놓고 에이프런을 벗었다. 이든은 신이 나서 준비를 마치면 아래층에서 만나자고 했다. 나는 믿을 수 없었다. 이렇게 간단하게 응하다니. 이것도 유르가가 언급한 '소카가 가끔 하는 일탈'에 해당하는 걸까.

"괜찮겠어요?"

이든이 아틀리에를 나간 뒤 내가 조심스럽게 물었다.

"뭐가요? 마리안이랑 같이 시간을 보내야 하는 거, 아니면 이래저래 못 미더운 내가 밖으로 나간다는 거."

그 두 가지도 그렇지만 일단은 작업 상황이었다.

"그럼이요. 이번 주 모처럼…… 순조로워 보였으니까요."

내 주제넘은 간섭에 소카는 막 사용했던 물감의 뚜껑을 다시 닫으면서 말했다.

"그건 괜찮아요."

그리고 스스럼없는 목소리로 덧붙였다.

"지금 내가 뭘 그리고 있는지 알고 있으니까."

1월 4일

에르완이 지하 창고에서 병풍을 고칠 수 있는 여분의 목재와 경첩을 꺼내주었다. 지금 쪼개진 가장 우측면은 이전에도 한 번 교체한 부분으로, 이렇게 새로운 널빤지를 재단해 연결한 다음 다른 면과 똑같은 색으로 칠한 거라고 했다. 만들어서 올려주면 칠은 소카가 직접하는 방식이었다.

"소카 씨는 웬만해서 물건을 안 버려요. 어떻게든 복구해서 계속 쓰고."

이 병풍은 에르완이 오기 전부터 있던 것이라고 했다. 당연히 비용 문제는 아니었다.

"환경이 변하는 걸 안 좋아하니까. 나를 자르지 않는다는 것도 비슷한 맥락이겠지."

에르완이 쪼개진 면을 경첩에서 분리하며 자조

했다. 묵직한 그 널조각을 받으면서 내가 말했다.

"그렇다고 해도, 소카 씨가 마음에 안 드는 걸 애써 붙들고 있을 성격은 또 아니잖아?"

"그게 무슨 뜻이에요?"

에르완이 반문했다.

"그만큼 너를 싫어하는 건 아닐 거라고."

"별로 위로는 안 되지만 빈말이라도 고맙네요, 아저씨."

심사숙고한 결론인데 그런 내 뜻이 에르완에게는 전혀 가닿지 않는 듯했다. 내가 어제 소카에게 느낀 것은 타인이 아닌 스스로를 향한 혐오와 체념이었다. 자기 자신을 미워하는 마음은 생각보다 숨기기 어렵고 노력해도 실패하기 쉬운 것이었다.

"그런 것 치고는 과감한 외출이었네. 환경 바뀌는 것도 산소 헬멧도 다 싫은 사람이."

웃차 하고 새 널빤지를 작업대 위에 올리며 에르완이 중얼거렸다. 자격 검진 목적이 아닌 소카의 외출은 여전히 믿기 어려운 일이긴 했다.

소카는 어제 마리안, 이든과 함께 타운에서 남쪽으로 이십 킬로미터 떨어진 엔데곳에 다녀왔다. 나도 이름만 들어본 곳으로 등대가 있는 바다 마을의 끝자락이었다. 나란히 산소 헬멧을 쓴 소카와 이든, 그리고 마리안은 엔데곳까지 플라이모로 이동해 등대에 올라 일몰을 보고 돌아왔다. 그 일정이 전부였다.

돌아온 세 사람의 표정은 밝았다. 소카와 이든은 도착하자마자 배가 고프다면서 식당으로 들어가 바사가 만들어둔 저녁을 데우지도 않고 먹어 치웠다. 등대의 아찔한 높이와 바다의 서늘한 풍광, 그것을 녹이던 노을의 뜨거운 색채, 변덕스러운 바람의 방향과 세기를 이야기하는 세 사람의 목소리와 웃음소리가 식당에서 오래 이어졌다.

"소카 씨에게 의욕이 생기는 건 좋긴 한데, 조금은 걱정도 되네."

어제 그 현장에 있었던 바사가 말했다. 언제 내려왔는지 우리에게 마실 것을 건넸다. 덕분에 공구를 잠시 내려놓고 목을 축였다.

"뭐가요?"

에르완이 물었다. 소카와 일행이 외출에서 무탈하게 돌아왔고 마리안과의 사이도 괜찮아 보이는데다 음식까지 남김없이 맛있게 먹어줬다면 바사에게는 더없이 만족이었을 텐데, 표정은 그게 아니었다.

"손님들 분위기에 휩쓸리는 거 말이야."

"저번엔 구김살 잘 펴준다고 환영한 거 아니었어요?"

말대답하는 에르완을 바사가 쏘아보았다. 에르완은 바로 꼬리를 내렸다.

"뭐가 걱정이에요. 저번처럼 홧김에 돌발 행동만 안 하면 되지. 어차피 영원히 있을 손님도 아닌데."

"내 말이 그거야. 마리안과 이든은 저러고 돌아가 버리면 그만이지만 소카 씨는 남을 사람이잖아."

바사는 손님들이 돌아간 후의 적막을 앞서 염려하는 중이었다.

"바사, 솔직히 소카 씨 같은 외골수가 이럴 때 아니면 언제 비슷한 처지의 또래하고 어울려 보겠어요. 가끔 휩쓸리면서도 살아야 인생이지. 안 그래요?"

에르완의 말도 일리는 있었다. 우리는 그의 건강을 돌보고 병풍을 고치고 불평불만을 들어줄 수는 있어도 지금의 이든 같은 역할은 할 수 없었다. 이 저택 사람 누구에게도 불가능한 일이었다. 더불어 그 휩쓸림이 소카가 스물한 번째 그림을 그리도록 등을 밀어주었다는 것 역시 부정할 수 없는 사실이었다.

오늘 아틀리에를 청소하면서 물감들 가운데 코발트그린의 튜브가 유난히 홀쭉해진 것을 보았다. 소카가 스물한 번째 그림에 사용하는 물감은 대부분 녹색 계열이었다. 순서가 흐트러진 물감을 색상표에 맞게 정돈할 때 반복적으로 맴돌던 구역이 녹색 스펙트럼이었음을 이제야 비로소 알아챘다. 캔버스에 무엇이 그려지고 있는지는 몰라도 그것이 입은 색채만은 더없이 분명했다.

지금 이 저택에서 녹색 하면 떠오르는 존재는 한 사람뿐이었다. 상당히 오랫동안 멈춰 있었던 소카의 작업은 이든의 도착과 동시에 다시 시작되었다. 그저 우연이라고 생각하기는 어려웠다. 현재 이든은 소카의 현실인 동시에 꿈인지도 몰랐다.

문득 소카가 신기하게 느껴졌다. 다른 게 아니라 자기를 고스란히 쏟아놓을 캔버스와 언어를 가졌다는 것이. 그것을 물성으로 남겨 직시하는 담대함 역시. 휩쓸림의 결과, 도망치고 지우려고만 하는 나와 완전히 다른 삶의 방식이었다.

　엔데곶에 다녀온 그날 이후 소카의 추가 일탈은 없었다. 소카는 이든이 아무리 채근해도 작업 시간만은 철저하게 고수했다. 작품 의뢰인인 라타네드와의 약속을 먼저 지켜야 했기 때문이다. 그래도 소카는 수영을 하거나 저녁 식사를 할 때처럼 작업 외 시간에는 두 사람과 함께 어울렸다. 어떤 때는 둘에게 먼저 에어 필름을 보자고도 했고 마리안의 농담에 웃음을 터뜨리기도 했다.

　바사의 우려와 반대로 위나는 이 흐름을 긍정적으로 받아들였다. 스물한 번째 작품에 진전이 있어서도 그랬지만, 소카와 마리안이 어릴 때만큼은 아니어도 그럭저럭 잘 지내게 된 모습이 마음에 드는 것이었다.

　소카는 에르완과 내가 함께 수리한 병풍에 만족해했다. 에르완이 알려준 대로라면 원래 있던 두 면의 색깔은 미드나잇블루였다. 그래서 새로 짜 넣은 면에도 당연히 같은 색상이 덮일 줄 알았는데, 다음 날 아틀리에서 확인한 병풍은 삼면이 모두 다른 명도를 드러내고 있었다. 가장 왼쪽 면은 원래의 색 그대로였다. 그러나 중간 면과 새로운 우측면은 각각 다른 색상으로 칠해져 있었다.

며칠이 지나고 나서 고친 병풍은 사용에 지장이 없는지 소카에게 확인했을 때, 그렇다는 대답과 함께 색깔이 변한 이유도 듣게 되었다. 중간과 우측은 이든과 마리안이 하나씩 고른 색을 입힌 것으로 각각 시나몬과 차콜이라고 했다. 시나몬은 마리안의 머리칼 색, 차콜은 이든이 가장 좋아하는 색이었다.

아틀리에 문에는 램프가 밝혀진 채였다. 청소를 시작해야 하는 새벽 다섯 시였다.

소카가 잠들어 있을 거라 생각하고 나는 조심스럽게 손잡이를 당겼다. 바깥은 아직 한밤과 마찬가지로 어둑어둑한 시각이었다. 그런데 문을 열고 들어간 아틀리에는 낮처럼 밝았고 소카는 캔버스 앞에서 작업 중이었다. 한창 집중하고 있는 옆모습에 이어 캔버스의 방향이 시야에 들어왔다. 요즘 소카가 캔버스를 두는 자리는 때마다 달라져 있었는데, 오늘은 기다란 막대 같은 측면이 나를 향해 있었다.

나는 벽시계를 확인했다. 혹시 시간을 착각하기라도 했나 싶어서였다. 틀림없는 다섯 시였다. 지난밤을 캔버스 앞에서 꼬박 새웠을 소카에게 이제 곧 아침이라고 알려줘야 했다.

"소카 씨. 실례지만, 지금 다섯 시인데요."

그제야 소카는 캔버스에서 눈을 떼고 나를 보았다.

"아직 어둡지만 곧 해가 뜰 겁니다. 그전에 눈을 붙여두시는 게 좋지 않을까요."

"그러게요. 시간이 이렇게 됐는지 몰랐어요."

소카는 피로에 잠긴 목소리로 중얼거리며 붓을 내려놓고는 두 손바닥으로 눈두덩을 문질렀다. 그 탓에 손에 묻어 있던 진한 색깔의 물감이 얼굴에도 번졌으나 신경 쓰지 않았다. 볼 사람이라고 해봐야 어차피 나 하나뿐이었다.

"그런데 이렇게까지 해야 하는 일정입니까? 마감 날짜가요."

소카는 희미한 미소를 띠고서 고개를 저었다.

"그냥. 흐름을 끊고 싶지 않아서요."

"그럼…… 나중에 다시 올까요?"

"아뇨, 이제 끝낼 거니까."

에이프런을 내려놓으며 소카가 덧붙였다.

"아, 이건 아침에 말하려고 한 건데 이든과 마리안에게 방학이 끝날 때까지 한 달 더 있어도 좋다고 했어요. 여러분은…… 힘들겠지만."

그렇다고 해도 우리의 허락이 필요한 일은 아니었다. 사실 그렇게 될 거라고 예상했었다.

"아닙니다. 바사와 에르완에게는 제가 전하죠. 병풍 이쪽으로 옮겨드릴까요?"

"고마워요."

이제껏 그에게 한 번도 들어본 적 없는 인사가 따라왔다. 퍽 생경한 기분으로 나는 벽에 기대 있던 병풍을 캔버스 가까이 옮겨왔다. 소카는 나에게 마저 부탁한다고 했다. 그 또한 고맙다는 인사만큼이나 그에게 어울리지 않는 말이었다. 사람이 잠을 제대로 못 자면 판단력이 흐려지는 법이다.

"그럼 제가 그림을 보게 될 텐데요."

"알아요."

이건 나에게 보라는 제안과 다르지 않았다.

잠시 후 나는 디귿 자 병풍을 가지고 캔버스 앞에 섰다. 뭔가가 사방으로 구불구불 뻗어나간 복잡한 구조의 그림이 시야를 가득 채웠다. 초록빛일 거라는 선입견 때문인지 가장 먼저 떠오른 것은 나무였다. 큰 가지에서 뻗어나간 작은 가지들, 거기서 다시 뻗어나간 잔가지들이 마치 자수처럼 대형 캔버스를 촘촘히 메우고 있었다. 그 그물망 같은 가지의 틈에서 내 손톱보다 작은, 셀 수 없이 많은 잎사귀가 점점이 피어나고 있었다.

어떤 식물일까? 가장 먼저 떠오른 질문이었지만, 미술도 식물학도 잘 모르는 내가 머릿속에서 찾아낼 수 있는 정답은 없었다. 게다가 나뭇가지의 후면에 커다랗게 드리운, 물고기의 지느러미 같은 모양의 배경은 작은 잎사귀들과 어떻게 연결 지어 이해해야 할지 감이 잡히지 않았다. 그런 한편 형태 자체는 어딘지 낯이 익었다.

만일 이게 초록이 아니라 다른 색깔이었다면. 특히 붉은빛이라 가정한다면 닮은 것이 하나 떠오르기는 했다.

"폐로군요. 폐의 한쪽. 잔가지가 아니라 세기관지, 그럼 이 작은 점들은 나뭇잎이 아니라 폐포겠고요."

소카의 약점인 동시에 호흡을 들고 나게 하는 기관이었다.

"역시 눈 밝다니까요, 뤽셀레 씨는."

소카는 곧바로 정답을 인정했다. 하지만 흑백증이 아닌 눈으로 보았다면 나는 여전히 초록빛이라는 편견에 갇혀 미지의 식물도감에서 헤매고 있었을 것이다.

"그런데 완성은 멀었어요. 아직 한참 더 그려 넣어야 해요."

"제목은 정하셨나요?"

"〈1월 4일〉이겠죠."

"그렇군요."

이든의 눈동자 색과 같은 폐, 기관지를 따라 태어나기 시작한 파릇한 이파리들. 그리고 그가 도착한 날짜이자 그림이 시작된 날. 작품의 모든 세부가 소카의 눈에 비친 이든을 향하고 있었다. 소카는 자신이 무엇을 그리고 있는지 분명히 안다고 말했었다.

"음, 이든 씨에게도 이야기하실 건가요?"

"아니, 안 될 것 같은데요."

내 질문에 소카는 어색한 웃음으로 답했다.

"마리안이 이든을 좋아하잖아요. 상황을 복잡하게 만들고 싶지 않아요."

그는 그저 이 그림과 제 마음의 형태를 알아봐 줄 관람객 하나가 존재하는 것으로 충분하다는 얼굴이었다.

나에게 부탁했다는 사실은 까맣게 잊은 듯 소카는 자기 손으로 병풍을 세운 다음 길게 하품하면서 침실로 갔다. 바깥 풍경은 어느덧 희미하게 밝아져 있었고, 세 가지 색깔로 된 병풍 앞에는 정돈해야 할 초록빛 물감들이 오늘도 이리저리 흩어져 있었다.

각자의 망설임

 의사는 문진과 몇 가지 검사를 통해 현재 나의 시각 능력 및 신경 상태를 확인했다. 1차 결과는 다음 방문 때 듣게 될 예정이었다. 유르가가 소개해 준 그 의료센터에서였다.

 유르가가 미리 언질을 주었는지, 나의 반나절 휴가 요청에 위나는 바로 알겠다고 했다. 덕분에 오전 업무만 끝낸 뒤 타운 중심가로 향할 수 있었다. 저택의 고용인들은 소카만큼이나 집 밖으로 벗어나는 일이 드물기 때문일까, 오랜만의 외출이 무척 어색하게 느껴졌다. 다른 행성까지 승객들을 책임지고 오가던 과거는 이제 거짓말 같기만 했다.

 검사를 비롯한 상담은 예상보다 빠르게 진행되었다. 아마 그것도 유르가를 통한 특혜였으리라 생각하며 다음 예약을 잡은 뒤 의료센터를 나섰다. 타운에 다른 볼일은 없었기에 나는 바로 플라이모 택시를 불러 귀가할 작정이었다. 건조한 바람을 타고 어디선가 흘러온 유혹적인 향기에 마음을 빼앗기기 전까지는 그랬다.

커피였다. 연하기 그지없는 향이었는데도 당장 한 모금 마시고 싶다는 충동을 억누르기 힘들었다. 제법 차가운 바람 탓이라는 변명을 만든 나는 향기가 날아오는 방향으로 걸음을 옮겼다. 번화한 중심가에 섞여 드는 보통의 행인 한 사람이 되어서.

이윽고 카페 몇 군데가 눈에 들어왔고 한 곳의 창문이 활짝 열려 있었다. 잠시 환기를 시키는 틈에 나를 손님으로 꾀어낸 것이었다. 한눈에도 다른 곳보다 고급스러운 카페라 잠깐 망설이긴 했지만 어느새 내 발은 그곳의 입구 문턱을 가볍게 넘어서고 있었다. 실내는 세련되면서도 아늑한 분위기였다. 테이블석은 모두 이미 다른 손님들의 차지여서 나는 바에 하나 남은 자리에 앉아 메뉴를 확인했다.

"뤽셀레 씨?"

그때 바 건너편에 있던 직원이 내 이름을 불렀다.

발렌에서 나를 아는 사람은 몇 명 되지도 않는데, 일순 당황해 얼굴을 들자 낯익은 이가 앞에 있었다.

"……애니?"

이름을 떠올리는 데 긴 시간은 필요하지 않았다. 에이블에서 일할 때 여객기 내에서 카페를 운영하던 사업가였다. 몇 년간 소식을 전혀 모르는 채로 지내긴 했으나 발렌에서 마주치게 될 줄은 꿈에도 몰랐다. 그는 삼 년 전 여기에 정착해 이 가게를 열었다고 했다.

"뤽셀레 씨도 세이네를 떠나셨다는 소문은 들었는데 여기서 다 만나다니, 세상 참 좁아요. 여행 중이세요?"

애니는 향이 짙은 커피와 직접 만든 초콜릿 하나를 내 앞에 내려놓으며 물었다. 나의 시각 능력 상태나 에이블을 그만둔 경위에 대해 그도 대강은 알고 있었다.

나는 지난 반년간 이 행성에서 어떻게 지냈는지 적당히 요약해 말했다. 내가 한 저택의 고용인으로 일하고 있다는 사실에 애니는 깜짝 놀라면서도, 살다 보면 이런 일도 저런 일도 하게 되는 법이라며 그것도 일종의 여행 아니겠느냐고 했다. 듣고 보니 그랬다. 계획한 대로만 흘러가지 않는 것이 여행이니까.

따뜻한 커피를 마시면서 나는 애니의 파란만장한 발렌 정착기를 들어주었다. 커피는 기대한 만큼 맛있었고 애니의 창업 이야기도 흥미로웠다. 그러다 화제는 점점 과거로 거슬러 올라가 우리가 알던 에이블의 동료들, 업무 중 함께 경험한 일로 뻗어나갔다. 많은 것을 설명할 필요 없이 같은 기억을 가지고 고개를 끄덕일 수 있는 이런 대화는 까마득하게 오랜만이었다.

하지만 이 바에 영원히 앉아 있을 수만은 없었다. 나는 그만 자리에서 일어났다. 엄연히 반나절 휴가를 받았는데도 저택을 오래 비우는 일은 어쩐지 마음이 편하지 않다. 짧은 만남을 아쉬워하는 애니에게는 다음번 외출 때 다시 들르겠다고 약속했다.

"천국 같은 맛이네. 아직 가고 싶은 생각은 없다만."

저녁 식사 후 바사는 초콜릿 하나를 입안에 오래

굴려 음미한 뒤에 그렇게 말했다.

"원래도 이것저것 잘 만들던 사람이었어요."

애니의 카페를 떠나기 전, 바사와 에르완에게도 맛 보여주고 싶어서 초콜릿 한 상자를 포장해 왔다. 에르완은 이 층에 온수가 안 나온다는 마리안의 말을 듣고 보일러를 점검하러 자리를 비운 참이었다. 그의 몫은 물론 잘 남겨두었다.

"고맙네. 덕분에 이런 호사를 다 누리고."

"호사야 제가 늘 누리고 있는데요."

바사에게 매일 지는 신세에 비하면 이런 건 아무것도 아니었다.

"자네는 인핸서가 되면 세이네로 돌아갈 건가? 다시 에이블에서 일하고?"

손에 묻은 슈거파우더를 닦으며 바사가 물었다. 예전에 소카도 했던 질문이었다.

"모르겠습니다. 정해둔 건 아직 없어요."

나에게는 적어도 십 개월 기념 축하 케이크를 받고 난 뒤에 생각할 일이었다. 뭔가를 계획한다고 해서 내 뜻대로 흘러가리란 보장도 없었다.

"어차피 돌아갈 거라면 망설이지 않는 편이 좋

아, 루."

나는 식기 정리를 멈추고 바사를 보았다. 사실 이대로 저택에서 계속 일하는 것도 괜찮지 않으냐고 할 줄 알았는데, 정반대의 이야기였다.

"일 년, 십 년, 이십 년도 금방이야. 때를 놓치면 가지 않을 핑계만 잔뜩 늘어나니까."

"바사가 그렇게 가지 않은 곳이 있나 보네요. 어딘데요?"

"어디겠어, 세이네지."

바사가 툭 내뱉었다. 짐작은 하고 있었다. 나를 본 첫날, 옅은 세이네 억양을 바로 알아챈 유일한 사람이 바사였다.

"세이네에 가족이 있습니까?"

"동생이 하나."

"지금이라도 가보시지 않고요."

"이십구 년 만에 새삼? 내가 진짜로 나타나면 오히려 놀라서 졸도할걸, 그 아이는."

아이라는 말이 재밌었지만 삼십 년 가까이 못 본 동생이라면 영원히 아이일 수도 있을 것 같았다.

"이십구 년 전에 뭘 그렇게 잘못하셨길래요."

"에이블에 입학하고 싶어서 집안의 전 재산을 가지고 도망쳤거든."

"네?"

바사가 인핸서였다는 것과 비슷한 충격에 나는 또 할 말을 잃었다.

"세이네는 나한테 너무 좁았으니까. 그런데 전 재산이라고 해도 훈련생으로 오 년을 버티기엔 어림도 없을 숫자였어. 삼 년을 겨우 붙어 있다가 여러 일을 전전하고 결국 못 돌아가게 됐지. 에이블로도 세이네로도. 나름대로 이유는 있었어. 뭐 하나 이룬 게 없어서 부끄럽기도 했지만, 적어도 이 저택에서 나는 반드시 필요한 사람이었거든. 좋은 의미로든 나쁜 의미로든 나에게 면죄부가 되어준 거지."

먼 타인의 이야기라도 하는 것처럼 바사는 담담하게 고백했다.

"그렇다고 지금 인생이 마음에 안 든다는 뜻은 아니야. 나는 이 집도 소카 씨도 위나 씨도 좋아. 여기서 흐른 시간도 나의 시간이고 소중한 거니까. 다만 나처럼 돌이킬 수 없을 만큼 오래 피하지 말라는 것뿐이지. 자네의 그게 뭐든 간에."

바사는 가끔 상대가 방심한 틈에 천연스럽게 정곡을 찔렀다. 나는 묵묵히 테이블을 마저 정리했다.

빈 식기와 쓰레기를 챙겨 일 층으로 올라가자 체스판을 가운데 두고 모인 세 사람이 보였다. 머리를 샤워 타월로 감싼 마리안과 소카가 경기 중이었고, 이든은 중간에 턱을 괴고 앉아 양쪽의 상황을 지켜보고 있었다. 에르완이 보일러를 손보는 사이 즉흥적으로 시작된 게임 같았다.

소카는 눈도 깜빡이지 않고 수읽기에 집중하는 모습이었는데 전력은 마리안이 우세해 보였다. 마리안이 취한 소카의 백색 기물이 더 많았고, 어깨너머로 몇 가지 수를 떠올려봐도 흐름을 바꾸기는 어려운 형세였다. 한참 고민하던 소카는 처음 자리를 그대로 지키고 있는 우측의 룩으로 손을 가져갔다. 캐슬링을 포기하고 다음 행마行馬에서 마리안의 나이트를 노리려는 전략이었다.

그 순간 이든이 소카에게 뭐라고 조언하면서 그의 오른손을 제 손으로 덮어 멈춰 세웠다. 그러고는 소카에게 몸을 바짝 기울여 어깨를 포갠 다음, 손을 붙잡고 세 칸 앞에 전개된 비숍에게로 이끌어갔다.

그게 아니라 여기라는 듯.

　소카는 동상처럼 굳어버렸다. 무표정한 얼굴은 변함없었으나 귓가의 혈색이 짙어져 있었다. 더 나은 수를 못 읽었다는 창피함 같은 게 아니라 이든 때문이었다. 이든은 소카가 행마를 결정할 때까지 그의 어깨를 완전히 감싼 제 팔을 거둘 생각이 없어 보였다.

　마리안은 꼼짝 못 하고 있는 소카를 재촉했다. 소카는 결국 기계적으로 비숍을 옮겨갔다. 폰을 물리면서 마리안은 이든에게 경기를 따분하게 만들지 말라고 투덜거렸다. 이든은 너무 빨리 끝나버리면 오히려 재미없지 않느냐고 자기를 변호했다. 사이좋은 남매 같던 두 사람 사이에 전에 없던 긴장감이 흘렀다.

　때마침 이제 온수가 잘 나온다는 소식을 가지고 에르완이 내려와 경기는 거기서 중단되었다. 마리안은 차라리 잘됐다는 얼굴로 혼자 이 층으로 올라갔다.

　이튿날 오후, 손님방 두 군데를 청소하고 나왔을

때 식사를 마치고 올라오는 마리안과 마주쳤다. 가볍게 인사하고 복도를 빠져나가려는데 마리안이 나와 잠시 이야기를 하고 싶다고 했다. 어딘지 불편한 얼굴이었다.

"그냥…… 뤽 씨의 의견이 궁금해서 그런데요."

마리안은 한참 뜸을 들인 뒤에야 운을 뗐다.

"만일 이든과 제가 오늘이라도 저택을 떠나면, 그게 소카의 작업에 영향을 미칠까요?"

질문의 내용은 생각지 않았던 것이었으나 마리안이 언짢아 보이는 이유가 대강 짐작은 되었다. 이든이 하루가 다르게 소카와 가까워져서일 것이다. 그건 마리안뿐 아니라 저택 사람 모두가 인지하고 있는 상황이었다.

사실 소카는 제 속을 드러내지 않고 이든과의 적당한 거리를 유지하려고 하는 데 반해 이든은 그렇지 않았다. 어제의 체스 경기 때도 마찬가지였다. 이든은 잠잠한 소카에게 자꾸만 물결을 일으키려 했고 그럴 때마다 소카는 대체로 난처해했다. 그런 한편 저택 사람들에게 하듯이 딱 잘라 밀어내지는 못했다.

마리안의 질문에 내가 답을 내놓기는 힘들었다. 이든의 부재가 가져올 영향은 소카 본인도 겪어보기 전까지 모를 것 같았다.

"어쩌면요. 그래도 소카 씨 나름대로 일상으로 돌아가는 방법을 찾겠지요."

나는 매뉴얼 같은 대답을 꺼냈다. 희망 사항이기도 했다. 소카의 일상이 흐트러지면 고용인들의 일상은 그 이상으로 흐트러진다.

"그럼 좋겠지만……."

마리안은 바닥으로 시선을 떨어뜨렸다. 본론을 발아래 감추어 두기라도 한 사람처럼.

"마리안 씨?"

내가 깨우듯 부른 다음에야 마리안은 얼굴을 들었다. 평소와 같지 않게 기운을 잃은 모습이었다.

"저는 그 참아줄 수 없는 언사나 성격 때문에 소카가 싫을 때가 많지만…… 그래도 오빠의 내면이 보이는 것보다 약하다는 건 알고 있어요."

내가 수거해 나온 청소 카트 속의 유리컵을 보며 마리안이 말했다. 그 고백은 사실일 것이다. 소카의 약점을 잘 아는 만큼 그를 손쉽게 상처 입히는 방법도 잘 아는 마리안이었다. 계속 말하라는 뜻으로 나는 고개를 한 번 끄덕였다.

"그래서 좀…… 걱정이 되는 거예요."

"소카 씨가 말입니까?"

내가 확인했다.

"뤽 씨도 이제는 알잖아요. 오빠가 기분이 안 좋을 때 한 번씩…… 그러는 거요."

마리안이 불안한 표정으로 말의 중간을 흐렸다. 돌발 행동 이야기였다.

"사실 이든은…… 지나치게 자기중심적이거든요. 가끔은 이해하기 힘들 정도로 고집이 굉장해요. 소카는 그걸 당연히 알 리가 없고……."

여기까지 듣고 나서야 나는 지금 마리안의 고민이 내 짐작과 전혀 다른 방향에 있음을 깨달았다. 이건 한 사람을 동시에 좋아하게 된 복잡한 상황에 놓인 불안감이나 질투와는 결이 달랐다.

마리안은 이든을 책망하는 중이었다. 동시에 현재 소카와 그의 작업을 염려하고 있다. 내가 알 수 없는 것은 마리안이 책망하는 자기중심적인 이든과 소카를 향한 그 염려를 어떻게 연결해야 하는지였다.

그러나 마리안은 그 연결점까지 내게 털어놓을 생각이 없는 것 같았다. 다시 침묵이 내려앉아 있었다.

"그럼 두 분은 곧 여길 떠나실 계획일까요?"

나는 그렇게만 물었다. 고용인으로서 미리 알고 있어 나쁠 것은 없으므로.

"사실 잘 모르겠어요. 이든과 다시 얘기를 좀 해볼게요."

마리안은 긴 한숨을 겹쳐 답한 뒤 자기의 방으로 들어갔다.

뭐 하나 이룬 게 없어서
부끄럽기도 했지만,
적어도 이 저택에서 나는
반드시 필요한 사람이었거든.

불청객들

수면이 애매한 높이에서 찰랑이고 있었다. 내 허리께 정도였다.

이 시간이면 내가 수영장 청소를 시작할 수 있도록 풀장의 물이 완전히 빠져 있어야 하는데, 이건 빠지다 말았거나 일부러 중단한 모양새였다. 뭔가 문제가 생긴 듯했다. 그렇지 않아도 배관 설비 구역에 복잡한 기기를 잔뜩 연결해 모니터를 살피는 에르완의 등이 보였다.

"또 온수가 말썽인가?"

내가 물었다. 지금 수영장 청소를 할 수 없으면 다른 곳을 먼저 할 생각이었다.

"그랬으면 이렇게 요란할 필요도 없어요."

유난히 침착한 목소리로 에르완이 불만을 드러

냈다. 자기 일 외의 잡무도 흔쾌히 자처하는 그가 이렇게 예민하게 있는 모습은 좀처럼 보기 드물었다. 모니터에는 탐지기의 렌즈가 실시간으로 비추는 배관의 좁은 내부가 펼쳐져 있었다.

"어디선가 막혔나 보군."

"왜 아니겠어요."

그 이유를 찾아내기 전에는 풀장의 물을 뺄 수 없고, 물을 교체하기 전에는 소카가 수영장을 이용할 수 없었다.

"석회 때문이야?"

"아직 배관이 그 정도로 오래되지는 않았어요. 내부 필터에 뭔가 걸려서 생긴 오작동이지."

"그럴 만한 게 있었어?"

"없었겠죠. 이든이 안 왔으면."

에르완은 배관 속 어딘가에 이든의 목걸이가 걸려 있을 거라고 했다.

마리안과 이든은 변함없이 저택에 머무르는 중이었다. 예정보다 이르게 떠나야 할지 말지 마리안이 고민했던 것도 어느덧 일주일 전의 일이었다. 그 후로는 다른 언급이 없었고 나도 굳이 마음에 두지 않고 있었다.

에르완의 설명에 따르면, 오늘 아침 이든은 늘 하고 다니던 목걸이가 사라진 것을 알아차리고는 수영장을 의심했다고 한다. 마침 청소 전 배수 작업에도 차질이 생긴 상황이었다. 이든은 에르완에게 그 목걸이는 가족의 유품이니 반드시 찾아달라고 신신당부했다.

"그래요. 가족의 유품이라고 하니까 천번 만번 호의를 베풀어서 찾아준다고 쳐요. 그래도 그렇지, 이럴 땐 당신 집에 귀찮은 일을 만들었으니 미안하다고 하는 게 먼저 아닌가. 물론 내 집은 아니지만."

에르완은 탐지 카메라를 조심스럽게 움직이면서 볼멘소리를 이어갔다.

"여기는 소카 씨 때문에 배관 내부에도 구간마다 특수 필터가 장착돼 있거든요. 규격 외 이물질이 걸리면 배관 입구부터 끝까지 그 필터 하나하나 전부 따로 원격으로 열어서 살펴야 하고, 닫을 때도 마찬가지예요. 한꺼번에 열거나 닫으면 안 되고 반드시 순서대로 하나씩. 오염물질이 갑자기 역류라도 해 오면 곤란하니까."

그 필터가 모두 구십칠 개라고 했다. 말로만 들어도 번거로운 작업이었다.

"문제는 그 작업을 끝내고 나면, 저택 전체의 수압을 처음부터 다시 만져야 하는데…… 이 집은 그게 거의 악기 조율하고 맞먹거든요. 하필 내가 제일 자신 없는 일인데 말이에요. 말했죠? 소카 씨는 환경 바뀌는 거 질색한다고요. 안 그래도 지금 미운털 잔뜩 박혔는데."

푸념을 들어주는 것 말고는 내가 도와줄 수 있는 일이 없어서 유감일 따름이었다.

"나와줘야 할 텐데."

나는 모니터를 향해 중얼거렸다.

"나올 거예요. 안 그래도 그 목걸이 매번 신경 쓰였으니까."

이든의 목걸이는 네 시간이 더 지나서야 발견되었다. 에르완은 모니터에 목걸이가 포착되자마자 이든을 호출해 보여주었다. 결론적으로 수영장 청소는 내일로 미뤄졌다. 그때까지 수영장을 쓸 수 없다는 통보에 소카가 실망하긴 했으나 "그러면 그림이나 더 그리지, 뭐" 하고는 아래층으로 돌아갔다.

그것만은 다행이었다.

에르완은 피로에 지쳐 저녁 식사도 생략하고 별채로 가버렸다. 가장 수다스러운 사람이 빠져나가 조용해진 지하의 테이블에서, 나는 바사를 통해 에르완이 아까 전 다 말하지 않았던 이야기를 듣게 되었다.

"이든 씨, 처음엔 자네를 의심했어."

목걸이의 행방에 대해서였다. 오전에 이든은 목걸이를 찾아서 이곳까지 내려와 자기의 옷가지며 세탁물을 꼼꼼하게 뒤졌다. 그래도 발견될 기미가 보이지 않자 나를 좀 불러주면 좋겠다고 에르완에게 요구했다. 테이블 매트를 가지러 왔던 바사가 그 자리에 있었다.

"그럴 수 있죠."

물론 나는 이 일과 무관하지만, 이든이 분실 장소로 수영장을 떠올렸다고 했을 때 오히려 자연스럽지 않다고 느꼈다. 일반적으로 귀중품이 사라지면 사람을, 그중에서도 청소부를 가장 먼저 의심하는 법이다. 에르완은 내 기분이 상하지 않도록 그 내용을 일부러 생략한 것이었다.

"그것도 모자라서 자네의 방과 소지품까지 확인하고 싶다기에 그럴 필요는 없다고 했지."

"바사가요?"

"아니, 뚝딱이가. 자네는 죽었다 깨나도 그럴 위인이 못 되니 시간 낭비라고."

내가 모르는 이야기가 더 이어졌다.

"그래도 이든은 그걸 증명할 방법이 없는 한 자네를 만나야겠다고 했어."

"그래서요?"

나는 이미 포크를 내려놓은 지 오래였다. 에르완이 나를 믿어주는 건 고맙지만 냉정하게 말하자면 증거 없이는 무용한 신뢰에 불과했다.

"뚝딱이도 안 물러났어. 혼자 무슨 생각을 골똘히 하다가는 그러더라고. 수영장일 거라고. 거기서 자기가 찾아내 보여주면 되겠느냐고."

분실 장소로 수영장을 떠올린 장본인은 이든이 아니라 에르완이었다. 그 복잡한 작업은 결국 나의 결백을 위해서였다.

순간 어떤 말을 해야 좋을지 막막해졌다. 미안함 또는 고마움. 찾아온 것이 그중 한 가지였다면 단어를 고르기가 쉬웠을 텐데, 두 가지 감정이 비등하게 뒤섞이면 무척 어려운 일이 된다. 에르완은 그냥 모르는 체했어도 아무 상관 없었을 골치 아픈 내 잡무를 대신 기꺼이 도맡아 했다.

"나중에 초콜릿 두 상자 사 오라고, 아저씨."

바사가 다시 식사를 시작하며 말했다. 나는 머리를 긁적였다.

"겨우 그 정도로는 안 될 것 같은데요."

"그런가?"

바사의 나직한 웃음소리를 들으면서 별채로 가면 에르완에게 들르자고 생각했다. 따로 포장해 놓은 그의 식사도 가져다주고, 미처 다 못한 이야기가 남아 있다면 마저 들어줘야 할 것 같았다. 고맙다는 인사와 함께.

그러나 식사를 마치고 올라가 퇴근 준비를 모두 끝냈을 때, 위나의 등장과 동시에 그 계획은 까맣게 잊어버리고 말았다. 저녁 일곱 시 이후로 위나가 고용인을 찾는 일은 웬만해서 없는데 "뤽셀레 씨"하고 부르는 소리가 났다. 위나가 나를 찾아 별채 입구까지 와 있었다.

"네, 위나 씨."

"거실에 손님 한 분이 와 계세요."

위나의 그 말이 무슨 의미인지 나는 곧바로 이해하지 못했다. 예정에 없었던 손님이 갑작스럽게 방문했으니 지금 당장 맞이할 준비를 서두르라는 건가? 손님용 방 두 개는 현재 모두 사용 중인데, 그럼 어디에 새로운 방을 마련해야 하지?

"뤽셀레 씨를 만나고 싶다는데요."

그런데 내 생각의 흐름과는 다른 이야기가 들려왔다.

"저를…… 말입니까?"

"오늘은 처음이라 어쩔 수 없지만, 앞으로 뤽셀레 씨의 사적인 업무는 저택 바깥에서 가져주면 좋겠군요."

위나는 나에게 주의를 주며 응접실로 가보라고 했다. 모두 각자의 공간으로 흩어진 저녁 시간, 일층은 대부분 소등한 상태라 어둑어둑했다. 응접실도 테이블이 놓인 쪽에만 전등이 밝혀져 있었다. 거기에 나의 손님이라는 자가 앉아 있었다. 내가 모습을 드러내자 그가 천천히 일어났다.

"오랜만입니다. 뤽셀레 씨."

이 년 전 마지막으로 들었던 목소리가 나를 호명했다. 그의 얼굴을 확인하자마자 나는 응접실 입구에 멈춰서야 했다. 이전보다 훨씬 지친 눈빛과 깊어진 주름으로 나를 응시하고 있는 중년 남자는 내가 현재, 아니, 앞으로도 가장 만나고 싶지 않은 단 한 사람이었다. 나를 발렌까지 도망치게 만든 장본인. 그런 자가 지금 나의 손님이라는 자격으로 찾아와 저기에 있었다.

"그렇게 계시지 말고…… 오셔서 앉으시지요."

남자가 가까스로 미소를 지으며 말했다.

"아니오. 돌아가세요."

나는 크지 않지만 단호한 목소리로 뜻을 전했다.

"그럴 수 없습니다. 여기까지 뤽셀레 씨를 찾아오느라 얼마나 힘들었는지 모릅니다. 장장 이 년이었어요."

아무래도 지난주 카페에서 애니를 마주친 일이 화근이 된 것 같았다. 발렌에서 나의 소재를 알고 있는 세이네 출신은 바사를 제외하면 애니 하나였다. 애니는 오지랖도, 발도 넓은 사람이다. 어디에서 일한다고까지는 밝히지 말아야 했을까. 뒤늦은 자책이었다.

"제발, 뤼셀레 씨. 한 번만 더 생각해 주세요."

그가 나에게 호소했다.

"저는 페리 씨에게 드릴 말씀이 없습니다."

"그저 간단한 서명일 뿐 아닙니까."

"그만 나가시지요. 당신은 제 손님이 아닙니다."

나의 결연한 태도에 페리는 겨우 보이던 어색한 웃음을 거두었다. 일그러진 입가가 오르락내리락했다. 그는 결국 긴 탄식을 내뱉으며 내 발아래 무릎을 꿇었다.

"부탁입니다. 서명만 해주시면 더는 귀찮게 해드릴 일이 없지 않겠습니까."

"신고하겠습니다. 여기가 어떤 곳인지는 페리 씨도 알겠지요."

나는 벽면의 비상 스위치로 손을 가져갔다. 이 저택은 소카라는 화가와 그가 그린 작품의 잠정적 가치를 보유한 장소이고, 무단 침입에 대한 처벌도 더욱 무겁게 적용되었다. 이 소재지를 파악하고 찾아온 이상 페리도 모를 리 없었다.

그의 이런 행동은 시간 낭비에 불과했다. 내 의지는 이 년 전과 변함없었다. 내가 그 서류에 서명하는 일은 결코 없을 것이다.

"참…… 냉혹하군요. 매번."

비틀거리며 일어난 페리가 중얼거렸다. 나에게 저주라도 들이붓고 싶은 표정이었는데 간신히 참는 모습이었다. 그는 나를 지나쳐 거실을 떠났고, 이어서 이중 현관의 두 문이 차례로 여닫히는 소리가 들려왔다.

나는 적막 속에 그대로 서 있었다. 예상치도 못했던 일에 정신이 아득해져 발이 움직이지 않았다. 내가 여기에 있다는 사실을 아는 한 페리는 다시 올 것이 분명했다. 그는 무척이나 끈질긴 사람이었다.

그때 응접실의 가장 구석, 어둠에 잠겨 있던 곳이 반짝하고 환해졌다. 일인용 소파 옆의 플로어 스탠드가 켜졌다. 깜짝 놀랐다. 소카가 거기에 소리도 없이 앉아 있었다. 소파에 깊이 파묻힌 자세로 뭔가 조그맣고 하얀 것을 손안에서 빙글빙글 돌리면서. 나는 당혹감을 뒤로하고 최대한 예사롭게 말했다.

"계신지 몰랐습니다."

"나도 엿들을 뜻은 없었어요."

소카가 드디어 입을 열었다. 얼굴은 늘 그렇듯 무심하면서도 음울해 보였다. 손에 들고 있는 것은 체스 기물이었다.

"있었는데 아니었던 척하고 싶지는 않아서."

"괜찮습니다."

"안 괜찮은 거 같은데."

무슨 일인지 말해보라는 투였다. 혼자 어두컴컴한 곳에서 골똘히 생각에 빠져 있었을 소카 본인도 안 괜찮아 보이기는 마찬가지였다. 속 터놓는 대화 같은 걸 하기에는 그에게도 나에게도 좋은 타이밍이 아니었다.

"죄송하지만 지금은 이야기하고 싶지 않습니다."

"그래요? 방금 저 페리라는 사람 내쫓을 땐 내 입장을 잘만 이용하더니."

소카가 빈정거렸다.

"게다가 저 사람은 머지않아 다시 나타날 것 같고, 문제는 여기가 내 집이라는 건데요. 뤽셀레 씨."

이번에도 소카는 나를 순순히 보내줄 생각이 없었다. 깊고 긴 한숨이 나왔다.

"일전에 말씀드린 플라이모 사고 기억하실까요."

왜 흑백증 환자가 되었느냐는 소카의 질문에 그 날도 지금과 비슷한 기분으로 과거를 끄집어냈다. 그 사건의 연장이기도 했다.

"페리는 그 사고의 가해자 측입니다. 정확하게는 가해자의 아버지죠."

소카의 손안에서 놀던 기물이 멈췄다. 백색 비숍이었다.

"사고 당시 가해자도 심각한 부상을 입었는데 현재 식물인간 상태입니다. 호흡기에 의존하고 있다더군요."

내가 설명할 수 있는 페리의 입장은 이 정도였다.

"그가 원하는 건 제 동의서입니다. 그의 딸은 뇌 일부와 중추신경계를 강화하면, 즉 인핸서 수술을 하면…… 회복할 가능성이 있다고 하네요. 오십이 퍼센트의 확률로요."

소카는 잠잠히 듣고 있었다.

"제 사고를 포함해, 중대 사건의 가해자는 인핸서 수술을 원할 경우 피해자 측의 동의서가 반드시 필요합니다. 페리는 그 서명을 받기 위해 저를 찾아

다닌 거고요."

 사고 후 의식을 되찾은 그날부터 페리는 단 하루도 빠짐없이 나를 찾아왔다. 첫날에는 병실로, 그다음은 집으로, 새로운 일자리를 얻으면 그곳으로. 거처를 옮기면 어떻게든 그곳을 수소문해 왔다. 그렇게 해도 서명하지 않는 나에게 페리는 읍소하면서도 비난을 퍼붓고 다시 빌거나 닦달하기를 반복했다.

 처음에는 그저 당혹스러웠다. 저 대담함이라고 할지 몰염치함이라고 할지. 머리로나마 이해해 보려고 노력했다. 가해자라고 해도 그의 아버지니까. 그쪽도 자식을 되살리고 싶은 바람일 테니까.

 그러나 내 거동이 가능해지고서야 뒤늦게 치른 로레인의 장례식에 나타나 동의서를 내밀었을 때는, 겨우 지키던 인내심마저 끊어졌다. 그 순간 잘 참아오던 울음이 터졌다. 정신이 나간 사람처럼 오열하다가 그 망할 서류에 서명하는 일은 절대 없을 거라고 그에게 소리쳤다. 내 모래시계가 멎었으니 그의 시간도 정지해야 마땅했다.

 도무지 견딜 수가 없었다. 그 끔찍한 사고의 그림자에서 벗어날 수 있는 날이 단 하루도 없었다. 결국 나는 도망치듯 세이네를 떠났다.

"제가 버틴다고 해서 로레인이 살아 돌아오는 것도 아니고 기껏해야 오십이 퍼센트의 확률, 그냥 서명해 주라고 하실 수도 있겠지만 저는 그럴 마음이 없습니다."

"용서하고 싶지 않아서요?"

"네."

더 생각해 볼 필요도 없는 대답이었다. 용서하고 싶지 않은 대상이 페리의 딸인지 흑백증인 나인지조차 이제는 모호해졌지만, 이 저택 사람들 모두가 페리처럼 나를 냉혹하다며 비난해도 결과는 마찬가지였다. 서명하지 않을 것이다. 위대한 뢱셀레 따위는 처음부터 존재한 적이 없다.

나를 가만히 응시하던 소카는 말없이 자리에서 일어났다.

"이 일로 사직해야 한다면, 그렇게 하겠습니다."

내가 말했다. 소카의 짐작대로 페리는 다시 올 테고, 나에게 느꼈을 실망과 별개로 짚고 넘어가야 할 문제였다.

"어떻게 하든 뢱셀레 씨 마음이에요."

소카는 그렇게만 대구하고 응접실을 나섰다. 오늘은 '뤼셀레 씨도 질문해요'가 없었다. 달리 묻고 싶은 내용이 있었던 건 아니었으나 조금 낯선 기분이었다.

그런 한편 그가 이 어둠 속에 홀로 웅크리고 있던 이유는 묻지 않아도 대강 알 것 같았다. 소파에 덩그러니 남아 있는 백색 비숍이 그 대답이었다.

날카로운 파편

 예상대로 페리는 매일 찾아왔다. 아침저녁으로 하루 네 번씩. 고용인 중에 누가 문을 열든 그는 현관에서 바로 출입을 거부당했다. 내가 그렇게 해달라고 부탁해 두었기 때문이다. 구체적인 이유는 말하지 않았다. 소카 외에 다른 저택 사람들은 아직 나와 페리의 관계에 대해 모른다.

 열흘이 지난 오늘까지도 페리는 포기할 줄을 몰랐다. 몇 시간 뒤, 내일, 그리고 모레도 그는 다시 문을 두드릴 것이다. 분명한 목적을 가지고 찾아오는 존재를 무시하는 일은 그 자체로 매일 기운을 크게 잡아먹었다. 애써 태연한 척하려고 해도 이런 상황이 계속된다면 결국 사실을 말하지 않을 수 없게 될 터였다. 새출발이라는 것도 원점으로 돌아가기

만큼이나 쉽지 않은 것이었다.

"오늘 1차 검사 결과가 나오는 거지?"

별채를 나서려는 나에게 바사가 물었다.

"네."

한 시간 뒤 의료센터에 예약이 잡혀 있었다. 페리의 등장에 온통 주의를 빼앗긴 탓에 결과가 어떻게 나오든 사실 별다른 감흥이 없을 것 같았다.

"저, 뤽셀레."

나를 부르는 바사의 목소리가 보통 때보다 진지했다. 왠지 작정하고 페리의 정체를 캐물을 기세라 얼른 자리를 떠야겠다고 생각할 때였다.

"최근에 소카 씨와 이야기 좀 나눈 적 있나?"

그런데 바사의 입에서 나온 이름은 그의 것이 아니었다.

"아뇨."

최근 소카와는 특별히 마주한 기억이 없었다. 페리가 처음 찾아왔던 날, 나의 과거를 일방적으로 보고했던 것도 대화라고 할 수 있다면 그게 마지막이었다.

"왜요, 무슨 일이라도 있으셨어요?"

내가 물었다. 바사의 얼굴에는 벌써 수심이 가득했다.

"어제 말이야. 아무리 기다려도 식당에 안 나타나서 저녁 식사를 아틀리에로 가져갔는데, 한참 만에 문을 열더니 나한테 이렇게 묻잖아. '바사, 시간이 너무 빠르게 흘러. 도무지 붙잡을 수가 없어. 내가 그림을 계속 그릴 수 있을까?' 눈이 벌겋게 충혈되어서는."

소카는 스물한 번째 작품을 시작하기 전 이상으로 초조해하는 상태였다고 했다. 나는 얼마 전 그와 비슷한 태도로 나에게 말을 걸었던 사람을 떠올렸다. 자신과 이든이 저택을 떠나면, 그게 소카의 작업에 영향을 주겠느냐고 물었던 마리안이었다.

하지만 두 사람은 여전히 저택에 머물고 있었고, 지난 열흘간 소카의 일상은 비교적 평이하게 흘러갔다. 평소처럼 아틀리에에서 하루 대부분을 보냈으며, 일정 시간 마리안, 이든과 어울리는 것도 변함없었다. 때때로 마리안이 이든에게 크고 작은 불만을 드러내는 소리가 들리긴 했지만 소카는 양쪽 모두에게 모난 데 없이 행동했다. 적어도 내 눈에는 그렇게 보였다.

"글쎄요. 마리안 씨와 이든 씨가 조만간 떠나서 그런 게 아닐까요."

두 손님이 저택에 머문 지도 어느덧 두 달이 다 되어갔다. 다음 주면 마리안과 이든은 학교로 돌아가고 소카는 혼자 남겨진다. 이전과 그대로. 그러나 마음의 형태는 더 이상 그때와 같지 않은 채로.

그 예정된 부재가 소카에게 두려움을 앞당기기라도 한 모양이었다. 열흘 전 거실의 어둠 속에 우두커니 있던 그의 모습이 떠올랐다. 부재의 공포는 그때 이미 시작되었는지도 모른다. 소카는 자신의 마음을 통제해 보려고 나름대로 애썼을 테지만 이든은 현재 소카의 폐 한쪽이나 다름없었다. 사라지고 나면 이전과 똑같이 호흡하기는 힘들 거다. 결국 바사가 우려한 대로 되었다.

그래도 어쩔 수 없는 일이었다. 사람의 마음이란 제 것이든 타인의 것이든 바라는 방향대로 움직여 주지 않는 법이므로. 그건 오가닉과 인핸서, 화가와 청소부, 세이네 사람과 발렌 사람 구분 없이 모두에게 주어진 공평한 고통이었다. 지금 나에게 벌어지는 일도 마찬가지다. 우리에게는 각자가 감내해야 할 몫이 있을 뿐이다.

"이럴 줄 알았다니까."

바사가 한숨을 내쉬었다.

"어쩌겠어요. 그래봐야 저희가 할 수 있는 건 없어요. 상관할 바도 아니고."

나는 내가 알고 있는 답을 말했다.

"이것 봐, 뤽셀레!"

내 말투가 필요 이상으로 냉담했는지, 바사가 나를 꾸짖듯 불렀다.

"할 수 있는 게 없긴 왜 없어. 내가 진짜 하고 싶은 말은 이거야. 지금 자네의 복잡한 사정이 뭐든지 간에, 어느 날 갑자기 훌쩍 사라지지는 말라고."

"저번엔 망설이지 말고 떠나라고 하더니, 말씀이 다르시네요."

뱉어놓고 보니 비꼬는 어조가 되고 말았다. 나는 바사의 눈을 피하며 외투를 챙겼다.

"그게 아니라 예정된 날짜 정도는 지켜달라는 말이지, 루."

물론 나도 알고 있다. 소카는 환경이 바뀌는 것도

거대한 부재도 싫어한다는 것을. 좋든 싫든 이제는 나도 그 환경의 일부였다. 환경이자 고용인. 다만 이런 상황에도 내가 아니라 소카의 입장부터 헤아려야 한다는 사실이 유쾌하지 않을 따름이었다.

"그래요. 어차피 바사는 올해도 여길 못 떠날 테니까, 그렇게 말하기 쉽겠죠."

바사의 입이 딱 벌어졌다.

"오늘 이상하게 무례하네, 뤽셀레!"

결국 바사에게 화풀이한 꼴만 되고 말았다. 이러는 내가 나도 싫었다.

"다녀올게요."

괜한 실언이나 더 하기 전에 나는 서둘러 저택을 벗어났다.

검사 결과는 '적합'이었다. 즉, 인핸서가 되기 위한 첫걸음은 뗀 셈이었다.

이 첫 번째 절차에서 수검자의 삼 할은 여러 사유로 부적합 판정을 받게 되는데, 페리의 딸은 나의 동의서가 없어서 그러한 경우였다. 나는 결과지를 반쯤은 구기듯 가방에 쑤셔 넣었다. 이런 순간조차 페리를 겹쳐 떠올리고 싶지 않았다.

다음 절차 진행을 위해 정기 상담 일정을 잡고 의료센터를 나왔다. 카페에 다시 들르겠다고 했던 애니와의 약속은 지킬 수 없었다. 초콜릿 두 상자는 인근의 다른 가게에서 비슷해 보이는 것으로 구매하고, 바사에게 사과의 뜻으로 줄 꽃도 조금 사서 플라이모 택시를 잡았다.

하차 지점은 탔을 때와 마찬가지로 저택에서 세 블록 떨어진 거리였다. 만약에라도 택시에서 내리는 순간 저택 앞을 서성이고 있을 페리와 정면으로 맞닥뜨리고 싶지 않았기 때문이다. 나는 느리지도 빠르지도 않은 걸음으로 주위를 경계하며 나아갔다. 그런데 한 블록을 채 지나기도 전, 익숙한 목소리가 근처에서 또렷하게 들려왔다.

"내 말은, 이제 와서 그게 무슨 의미가 있냐는 거야."

다소 격양된 이든의 음성이었다. 첫 번째와 두 번째 블록의 사잇길이었다.

"이제 와서가 아니라 지금이라도야. 더 늦기 전에."

호소하는 듯한 마리안의 목소리가 이어졌다.

"마리안. 괜한 죄책감 느낄 필요 없어. 네가 먼저 말하지 않는 한 아무 문제 없으니까. 그리고 소카 씨가 날 좋아하는 게 내 잘못은 아니잖아."

"그렇게 소카 주위만 맴돌아 놓고?"

"가까워져야 관찰할 수 있으니까. 거기에 동의해서 너도 날 초대했고."

"이렇게 되기를 바란 건 아니야."

"다른 방법이 있어? 내가 일일이 다가가서 끌어내지 않으면 소카 씨는 도대체 얼굴 구경하기도 힘든 사람인걸."

길목에 멈추자 열 걸음 정도 떨어진 곳에 마주 선 마리안과 이든이 있었다. 두 사람은 소카 없이도 매일 한 번 함께 외출하거나 주변을 산책하곤 했다.

"그냥 사실대로 털어놓자, 이든. 다시 생각해도 이건 아닌 거 같아."

"대체 뭐가? 솔직히 진짜 필요한 건 구경도 못했는데."

"뭐?"

"발작하는 모습이라든가."

"이든!"

오직 두 사람의 말소리뿐이었다면 이 대화의 의미가 무엇인지 나는 정확히 이해하지 못했을 것이다. 그러나 눈으로 들어오는 것들이 나머지를 모두 설명했다. 폐질환 환자에게 외출 필수품이나 다름없는 산소 헬멧을 쓰고 있지 않은 이든의 옆모습이 똑똑히 보였다. 헬멧은 그의 왼손에 건성으로 매달려 있었다.

바깥에서 헬멧을 벗었던 소카가 어떤 모습으로 저택에 실려 왔는지 나는 분명히 기억하고 있었다. 지금 이든은 헬멧의 도움 없이도 길 위에서 아무렇지 않게 숨 쉬고 말하고 움직이는 중이었다. 그의 목소리가 둔탁하지 않고 선명하게 들려온 이유이기도 했다.

마리안이 내비쳤던 불안의 의미를 이제야 비로소 깨달았다. 이든은 연극부라고 했었지. 신기하리만치 비틀린 구석도 구김살도 없던 사람. 어떻게 한 번도 의문을 품지 않을 수 있었을까. 지난 두 달간 정말이지 그럴듯한 연기였다. 뒤통수가 아찔했다. 오른손에 쥔 꽃다발의 포장지가 부스럭 소리를 내고 말았다.

"뤽셀레 씨?"

마리안이 나를 보았다. 이든은 작은 소리로 욕을 내뱉었고 나는 저택의 방향으로 돌아섰다.

"뤽셀레 씨!"

마리안이 나를 다급히 뒤쫓아 왔다.

"뤽셀레 씨, 제발. 오빠에게는 제가 말할 테니까요!"

나는 입을 다문 채로 빠르게 걸었다.

"이든에게 역할 연구가 필요했어요. 다음 작품이 폐질환을 가진 오가닉 역이라서, 일상을 관찰하려던 것뿐이에요."

"네."

"맹세코 다른 의도는 없었다니까요!"

"제게 설명하실 필요는 없습니다."

"뤽셀레 씨!"

나는 재촉하던 걸음을 멈추고 마리안을 정면으로 바라보았다. 오늘은 어디에도 불안감을 숨기지 못한 얼굴이었다.

"소카에게 불필요한 상처까지 주고 싶지는 않아

요. ······네?"

마리안이 떨리는 소리로 덧붙였다.

"고통을 지켜보려는 건 괜찮고요?"

나는 되묻지 않을 수 없었다.

"마리안 씨. 고통은····· 꺼내지 못할 곳에 박힌 파편 같은 거예요. 그것도 아주 날카로운 파편 말입니다. 관찰이라고요? 그건····· 관찰하는 게 아니에요. 이용하는 건 더더욱 아닐뿐더러."

나는 다시 걸음을 옮겼고 마리안은 더 이상 따라오지 않았다. 저택은 이제 한 블록 앞에 있었다. 페리는 아무 데도 보이지 않았지만 양손에 든 초콜릿 두 상자와 꽃이 조금 전보다 무겁게만 느껴졌다.

그날 저녁 식사 자리에서 이든은 오늘 밤 저택을 떠나겠다고 밝혔다. 갑작스럽게 집에 가봐야 할 일이 생겼다고 했으나, 이제는 마리안과 대화가 잘 통하지 않는 것, 그리고 내가 두 사람의 연극을 알고 있다는 데에 부담을 느낀 것 같았다.

이든이 대수롭지 않게 그 소식을 전하는 순간, 소카는 막 집어 들던 컵을 놓쳐 물을 쏟았다. 마리안은 시선을 피했고 이든은 특유의 천진한 얼굴로 소카에게 괜찮으냐고 물었다. 소카는 미끄러진 것뿐이라며 새 컵에 물을 따랐다. 짧게 웃어 보인 다음에는 내내 싸늘한 얼굴이었다.

그런 일이 있었다고 바사가 우리의 저녁 식사 시간에 알려주었다.

"진짜 자기 멋대로네. 개인적으로는 하루라도 빨리 가준다니 좋은데."

에르완이 빵을 우물거리며 중얼거렸다. 목걸이 사건 이후로 에르완은 이든의 일거수일투족을 전부 마음에 들어 하지 않았다. 나는 찢던 빵을 다시 찢고 또 반으로 찢기를 되풀이하는 중이었다. 식욕이 없었다.

"아저씨, 그거 안 먹을 거면 나 줘요."

"완, 내버려둬. 루도 먹어야 해."

바사가 에르완의 손등을 찰싹 쳤다. 사실 초콜릿과 꽃은 사온 그대로 내 방에 방치해 놓았는데 바사는 이미 나를 용서한 듯했다.

"아침엔 죄송했어요."

나는 늦은 사과를 했다.

"알면 됐어."

바사는 심드렁하게 대꾸하고는 물었다.

"그런데 검사 결과가 나쁘기라도 한 거야? 아침보다 기운이 더 빠졌잖아."

생각이 다른 데 가 있는 탓에 검사 결과에 대해서는 깨끗이 잊고 있었다.

"아니, 결과는 좋아요. 다음 상담 날짜도 정해졌고요."

"오, 잘됐네요. 유르가 씨가 소개한 곳이니 실력이야 분명할 테고."

에르완이 말했다.

"참, 초콜릿 사 왔는데. 아깐 경황이 없어서 방에 뒀어요. 가져올게요."

더 늦으면 건넬 타이밍이 애매해질 것 같았다. 마리안과 이든의 일은 지금 내가 골몰한다고 해서 해결될 것도 아니었다. 뒷정리는 두 사람에게 맡기고 나는 별채로 올라갔다. 다행히 꽃은 아직 생기를 잘 붙들고 있었고, 초콜릿의 진한 향도 변함이 없었다.

그 둘을 챙겨 본채로 다시 돌아왔을 때 거실이 어수선해져 있었다. 벌써 떠날 준비를 마친 이든이 짐을 가지고 내려와 사람들과 인사를 나누는 중이었다. 마리안과 소카, 위나, 그리고 바사와 에르완까지 모두 모여 있었다. 내가 마지막이었다.

"덕분에 긴 시간 즐겁게 보내고 갑니다."

이든이 정중하게 인사했다.

"가족들에게도 대신 안부 전해주세요. 기회 되면 또 놀러 오고요."

"물론이죠."

위나가 청한 악수에 이든은 웃으며 호응했다. 그러나 나는 그가 이 저택에 두 번 다시 오지 않으리라는 것을 알고 있다. 이든은 소카가 있는 방향으로는 조금도 시선을 주지 않았고, 소카는 어째서 이든의 태도가 하루아침에 달라졌는지 이해하지 못하는 얼굴이었다. 그런 소카를 살피는 사람은 마리안 하나뿐이었다.

자신이 꾸며낸 연극에서 중도 퇴장하는 이든을 마리안은 착잡하게 바라보았다. 소카에게 진실을 고하고 분명한 매듭을 지을지, 아니면 모든 책임을 시간에게 미룬 채 조용히 뒤로 물러설지 마리안도 아직 결정을 못 내린 상태 같았다.

저택을 나서기 전 이든은 자기의 산소 헬멧을 썼다. 그 순간 시선이 나와 짧게 부딪혔고, 그는 엷은 미소를 띠었다. 나는 아무런 표정도 보이지 않았다.

곧 문이 여닫히는 소리와 함께 이든이 떠났다. 현관 주변에 모여 있던 우리는 하나둘 돌아서 흩어지기 시작했다. 그런데 소카만은 그 자리에 붙박인 듯 우두커니 서 있었다. 그렇게 한참을 있다가 이중 현관 왼편의 창가로 천천히 걸음을 옮겨가더니 두 손바닥을 창에 대고서 바깥을 물끄러미 바라보았다. 이 갑작스러운 작별에 대한 답을 거기서라도 찾을 것처럼. 아틀리에에서 캔버스를 보듯 미동도 하지 않고 오래 응시했다. 만일 이든이 아직 플라이모 택시를 타고 출발하기 전이라면 지금 소카의 시야 안에 있을 것이었다.

"이거 초콜릿이에요? 와, 두 상자. 꽃도 있네. 꽃은 바사 거죠?"

목소리부터 홀가분해진 에르완이 내 양손에서 선물을 낚아채 갔다. 동시에 유리창 위에 편평히 놓여 있던 소카의 손이 주먹으로 변했다. 어깨가 느리게 들썩이고 있었다. 무언가 잘못되었음을 직감한 찰나, 소카는 현관을 열고 저택 밖으로 달려 나갔다. 산소 헬멧 없이.

눈앞에서 처음 벌어진 그의 돌발 행동은 미처 이해할 틈도 붙잡을 틈도 없는 그야말로 한순간이었다. 그 즉시 소카를 저지하러 나간 사람은 거의 반사적으로 움직인 에르완이었다. 마리안이 그 뒤를 쫓았고 나와 바사, 그다음이 위나였다. 바닥에 추락한 초콜릿 상자와 꽃은 다섯 사람의 발에 차례로 짓밟혀 엉망이 되었다.

바깥의 어둠 속에서 우리는 소카가 창 너머 목격한 것이 무엇이었는지 곧장 마주해야 했다. 발작이 찾아와 이미 바닥에 납작하게 엎드러진 소카 앞에는 산소 헬멧을 벗은 채 베이퍼셀을 흡입 중인 이든이 서 있었다.

회색의 시간 _____

 소카의 침실 앞 램프가 꺼지지 않은 지 삼 주째에 접어들었다. 그동안은 쥐 죽은 듯 적막한 날과 소카의 각종 감염 증세로 한바탕 시끄러운 날이 번갈아 이어졌다.

 이든이 떠난 손님용 방은 그날 밤 곧장 유르가의 차지가 되었다. 응급처치를 끝낸 의사는 소카와 이 저택에 대한 여러분의 책임을 가벼이 여기지 말라며 우리 모두를 질책했다. 나를 포함한 고용인 세 사람은 그 설교를 처음부터 끝까지 묵묵하게 들었다. 모두 같은 공간에 있었던 데다, 다른 장소도 아닌 집에서 이런 일이 생겼음에 가책을 느껴서였을 것이다. 그러나 마리안은 어느 순간 침묵을 깨고 반박했다.

"이번 일은 분명히 유감이지만 나도 이 사람들도 소카의 분신은 아니에요, 유르가. 우리는 소카를 위해서만 존재하는 그림자가 아니라고요."

위나가 마리안의 무례함을 유르가에게 대신 사과했다. 마리안은 그 후 며칠간 소카의 간호를 돕다가 그가 의식을 되찾은 다음날 학교로 돌아갔다.

소카가 자리에 누워 호흡기와 약물에 의존하는 사이 다음번 자격 검진 날짜는 지나갔다. 유르가는 주치의 권한으로 자격 연장 신청을 넣어야 했다. 라타네드의 의뢰작인 〈1월 4일〉이 멈춘 것 역시 오늘로 삼 주째였다.

이러한 상황에도 페리는 매일 밤낮으로 저택의 문을 두드렸다. 바사나 에르완에게 문전박대당할 것을 알면서도 하루도 빠짐이 없었다. 그에게는 멈추지 않는 것 자체가 큰 의미였다. 오전에 두 번, 오후에 두 번. 그리고 얼마 전부터 심야에도 한 번이 추가되었다. 문이 열릴 때까지 페리는 초인종 누르기와 노크를 멈추지 않았고 저택 사람들은 시끄러운 소리에 매일 한 번은 잠을 설쳐야 했다. 한밤중의 노크는 경찰에 신고한 다음에야 겨우 잠잠해졌다.

심야 시간마저 방해가 시작되자 위나는 나에게 이 문제를 반드시 해결하라고 했다. 나는 조만간 그렇게 하리라 약속했다. 페리의 사정권에서 벗어날 방법은 둘 중 하나였다. 동의서에 서명하거나, 아니면 내가 이 저택에서 사라지거나. 물론 전자는 고려하지 않았다. 예정했던 십 개월은 아직 석 달이 넘게 남았고, 바사는 그러지 말라고 했어도 다른 방법은 존재할 것 같지 않았다.

"아틀리에 상태는 변함없죠?"

떠날 날짜를 적당히 머릿속으로 헤아리고 있을 때, 에르완이 불쑥 물었다. 그림의 진행 상황이 궁금한 것이었다. 우리는 점심 식사 중이었다.

"응. 그대로지."

지난 삼 주 동안 집 안의 유일한 화가는 아틀리에에 출입하지 않았다. 소카는 이제야 겨우 가벼운 보행을 시작했다.

"완성이 되기는 하려나."

에르완이 혼잣말로 중얼거렸다. 마리안은 우리가 소카를 위해 존재하는 그림자가 아니라고 항변했지만 결국 우리는 소카의 그림을 생각하지 않을 수 없는 인간들이었다.

"하느님만 알겠지."

바사가 말했다.

"그런데 이렇게까지 하면서 그려야 되는 그림인지는 하느님도 모를 거 같은데요. 매번 생각하지만 이건 오가닉 학대라고요. 계속 저 몸으로 지내는 건 도대체 말이 안 된다고."

"그럼 넌 소카 씨가 인핸서 수술을 받기라도 해야 한다는 거야?"

에르완의 말에 바사가 펄쩍 뛰었다.

"위원회 자격 심사에서 탈락하면 당연히 지금처럼 그림은 못 팔겠죠. 불법이 되니까. 그럼 우리야 실업자 되겠지만 그렇다고 안 될 건 또 뭔데요. 사람이 일단 살고 봐야지."

"그런 차원이 아니잖아. 그림은 소카 씨의 삶 전부인 걸 몰라서 그래? 네가 그렇게 단순하게 말할……"

언쟁이 시작되는 순간 초인종이 울렸다. 오후 두 시 십 분 전. 찾아온 사람이 누구인지는 뻔했다. 바사가 위로 올라갔고 테이블을 정리하던 내 손은 멈쳤다.

"아저씨, 그만둘 작정이죠?"

바사가 없는 틈을 타 에르완이 물었다. 나는 대답을 아꼈다.

"대체 저 사람 뭔데 그래요? 신고해도 또 오고 또 오고."

"모르는 편이 나아."

"그러지 말고요."

내가 타인의 귀중품을 훔치는 위인은 못 된다고 믿고 있는 에르완이었다. 이유야 어쨌든 지금 나는 그보다 더 중대한 것을 쥐고서, 누군가의 불행을 위해 일부러 놓지 않고 있었다. 그런 진실을 사람이 일단 살고 봐야 한다고 말하는 그에게 구태여 고백하고 싶지는 않았다.

늦은 오후, 유르가가 소카의 침실 정리를 부탁해 새 침구를 가지고 삼 층으로 올라갔다.

램프는 욕실에 밝혀져 있었다. 침실 문을 열자 침대 발치에 음식물을 게워 낸 흔적이 있었다. 이틀에 한 번은 있는 일이었다. 상태가 심각할 때는 하루에도 몇 번이나 그랬으니 지금은 많이 호전된 상태라고 할 수 있었다. 토사물을 치운 다음 아침에 교체했던 침구를 한 번 더 갈았다. 이왕 들어온 김에 바닥 전체를 다시 닦고 쓰레기통도 비웠다.

오후 일곱 시 이십 분, 오늘 네 번째로 찾아온 페리를 에르완이 돌려보냈다. 제발 무슨 일인지 말 좀 해달라는 그를 뒤로하고 나는 먼저 별채로 향했다. 지금은 잠시 고요함을 되찾았지만, 밤중에 다시 노크에 시달릴 생각을 하면 마음이 조금도 편하지 않았다.

그렇게 밤 열한 시가 조금 넘었을 때였다. 쿵쿵. 저택 현관이 아닌 내 방문에 노크 소리가 울렸다. 소스라쳐 놀란 내가 뭐라고 대답하기도 전에 문을 벌컥 열어젖히고 나타난 사람은 소카였다.

"내 방 쓰레기통."

그렁그렁 쉰 목소리로 그가 다짜고짜 물었다.

"어디에 비웠어요? 내용물 말이야."

"그야…… 수거함이죠."

나는 어리둥절해져 대답했다.

"함……? 그건 또 어딘데?"

폐기물 수거함은 저택 외부에 있었다. 별채에 딸린 뒷문을 통해 밖으로 나가야 한다. 거기에 모인 것을 타운 공동 처리장의 차량이 매일 밤 수집해 갔다.

"그거 다시 가져와요."

"쓰레기를…… 말입니까?"

소카는 대답 대신 천식 흡입제를 들이마셨다. 다소 난처한 요구사항에 나는 시간부터 확인했다. 공동 처리장에서 내용물을 이미 수집해 갔을지 아닐지 확신할 수가 없었다. 삼 주 만에 처음 나누는 대화의 주제가 쓰레기인 것은 차치하고, 고용주의 요구이니 일단 해결책은 내놓아야 했다.

"찾으려는 물건이 무엇인지 정도는 말씀해 주시면 좋겠는데요."

소카는 내키지 않는 표정으로 느지막하게 노트라고 대답했다. 매일 쓰고 있는 건데 잘못 딸려 들어간 것 같다면서.

나는 작업복을 덧입고 별채 밖으로 나갔다. 폐기물 수거함은 고약한 냄새를 풍기는 오물로 가득 차 있었다. 아직 공동 처리장에서 다녀가기 전이긴 했으나, 문제는 소카의 쓰레기통 내용물을 이 시커먼

산더미 속에서 어떻게 구분해내느냐였다. 수거함에는 저택에서 나온 모든 쓰레기가 한데 뒤엉켜 있었다.

허리를 숙여 수거함을 한참 동안 뒤지다가 내가 낮에 치운 토사물 봉투를 발견했다. 그것을 중심으로 주변을 샅샅이 헤집었다. 잠시 후 낯익은 형태의 물건 하나가 눈에 들어왔다. 내 손바닥보다 약간 큰 드로잉 노트. 마리안이 쓰던 것과 같은 제품이었다. 다행히도 젖었거나 오염되어 보이지는 않았다.

노트를 건져 진공 봉투에 넣고 별채로 돌아와 옷을 갈아입은 다음 소독 캡슐에 들어갔다 나왔다. 벌써 두 시간이 지나 있었다. 본채 응접실에서 기다리고 있는 소카에게 찾아가 이게 맞는지 물었다. 소카는 근래 내가 본 것 중 가장 생동한 눈빛으로 그렇다며 손을 내밀었다. 나는 고개를 저었다.

"아직 안 됩니다. 멸균 장치에 들어갔다 나와야 해요."

겨우 회복세에 접어들었는데 엉뚱한 방해물이라도 끼어들면 곤란했다. 소카는 다시 못마땅한 표정이 되었다. 아까 전 내가 찾는 물건이 무엇인지 물었을 때 왜 머뭇거렸는지 이제 알 것 같았다. 작업 중인 캔버스를 타인에게 보이기 싫은 것처럼 노트 역시 그런 것이었다. 하지만 멸균 처리를 위해서는 반드시 거쳐야 하는 작업이었다. 표지는 물론 안쪽 모든 페이지 한 장도 빠짐없이.

소카는 하는 수 없이 수긍하고 방으로 돌아갔다. 나는 노트를 가지고 지하로 향했다. 그렇게 세탁실의 멸균기 앞에 앉은 다음에야 소카에게 조금 괜찮아졌느냐고 안부 한마디 건네지 않았다는 걸 깨달았다. 그러면서 그런 인사치레 따위는 아무 의미도 없다는 생각을 동시에 했다. 괜찮냐고 또는 괜찮아졌느냐고 누가 물어준다고 해서 정말로 괜찮아지는 것도 아니었다.

페리의 노크 소리는 노트의 아홉 번째 장 멸균 처리 중에 들려오기 시작했다. 세 시 사십오 분이었다. 나는 어제처럼 경찰서에 신고했고 한 시간이 지나서야 바깥이 잠잠해졌다. 경찰에서도 처음엔 신속하게 달려왔지만 더 이상은 아니었다. 이제 며칠이 더 지나면 같은 신고로는 와주지 않을 터였다.

아무래도 떠날 준비를 서둘러야 할 것 같았다. 늦

어도 사흘 내로. 날짜를 정했으면 그다음은 목적지다. 그런데 거기서 막막해졌다. 에이블에서 일하며 그렇게 많은 곳을 돌아다녔는데도 노트의 마지막 장에 다다를 때까지 머릿속 그물망에는 그 어떤 이름도 걸려들지 않았다. 불현듯 떠오르는 장소도, 가고 싶은 곳도 없었다. 생각나는 이름이라고는 로레인 하나뿐인데 그건 어떻게 해도 닿을 수 없는 장소였다. 아무리 멀리 가보려고 발버둥질해도, 내 머릿속의 나는 이곳 지하의 회색빛 테이블 앞을 지키고만 있을 뿐이었다.

소카가 그림을 그리듯, 나에게도 꿈이 아무 곳이나 지시하면 좋겠다는 생각이 들었을 때는 벌써 아침이었다. 뜬눈으로 밤을 꼬박 새웠다. 오로지 도망칠 마음뿐인 옹졸한 나에게는 꿈조차도 자비를 베풀 뜻이 없는 모양이었다.

내가 떠나면 저택에 딸린 문제도 한 가지 해결될 거라는 단순한 믿음은 이튿날 오후에 산산조각이 났다. 나쁜 일이란 원래 친절한 예고와 함께 찾아오는 것이 아니었다.

오후 세 시경, 위층 어딘가에서 위나의 비명이 들려왔다. 각자의 자리에서 일하던 고용인들은 소리가 난 방향으로 부리나케 달려갔고 도착한 곳은 삼층 아틀리에 앞이었다. 반쯤 열린 문 사이로 "안 돼, 안 돼" 중얼거리는 위나의 목소리가 새어 나오고 있었다. 도대체 무슨 일인지 알 수 없어 당혹스러웠으나 장소가 장소이니만큼 누구도 선뜻 발을 들이지 못하던 중, 소카가 침실 문을 열고 나왔다.

"뭔데요."

자다가 깨어난 얼굴이었다. 우리 세 사람 모두 제대로 답을 하지 못하자 소카는 눈살을 찌푸리더니 아틀리에로 성큼성큼 걸어 들어갔다. 곧 위나가 울부짖기 시작했다.

"소카! 이건 대체…… 언제부터 이런 거예요! 오, 안 돼."

위나는 소카가 감염 증세 악화로 사경을 헤맬 때조차도 저토록 오열한 적이 없었다. 안으로 들어간 소카의 목소리는 아직 들리지 않았다.

"왜 그렇게 멀뚱히 서 있기만 해요! 도와달라고요! 빨리!"

위나가 다급히 외쳤다. 더는 망설일 필요가 없을 것 같아 나도 바로 뛰어 들어갔다. 바사와 에르완이 뒤를 따랐고, 아틀리에 안에서 벌어진 사건을 비로소 맞닥뜨린 우리 셋은 동시에 그 자리에 얼어붙고 말았다. 위나가 울부짖고 소카는 침묵을 지킬 수밖에 없었던 이유가 눈앞에 바로 펼쳐졌기 때문이다.

마치 비가 내리듯 아틀리에 천장 중앙부에서 물이 뚝뚝 흘러 떨어지고 있었다. 그 아래에 놓여 있던 〈1월 4일〉은 얼마나 그렇게 있었는지 이미 흠뻑 젖은 채였다. 침수였다. 위나는 자기 몸의 몇 배나 되는 대형 캔버스를 붙들고 다른 자리로 옮기려 애쓰는 중이었고, 소카는 그 모든 광경을 멍하니 바라만 보고 있었다. 순간 에르완의 얼굴이 새하얗게 질렸다.

"소카 씨⋯⋯ 저는. 저는⋯⋯ 지난주 점검에서도 이상이 없었는데⋯⋯."

에르완은 간신히 입을 뗐으나 말을 끝맺지 못했다. 소카는 움직이는 법을 잊은 사람처럼 푹 젖어버린 캔버스에서 시선을 떼지 않았다.

"복원할 수 있을 거예요! 그렇죠?"

위나가 소카에게 다그쳐 물었다. 설비 책임자인 에르완에게 먼저 비난의 화살이 돌아갈 줄 알았는데, 지금 위나에게는 〈1월 4일〉과 소카 외에 그 무엇도 보이지 않는 듯했다. 소카의 무표정한 얼굴에서는 여전히 어떤 생각도 읽을 수가 없었다.

"죄송합니다. 그러니까…… 저…… 저는."

에르완은 두려움으로 온몸을 떨고 있었다. 오늘 새벽 내가 청소할 때까지만 해도 누수의 낌새는 없었다. 천장 먼지도 매일 제거해야 하기에 이전과 차이가 있다면 알아차릴 수 있었다. 작품이 허망하게 손상되어 버린 것은 경악할 사건이지만 이건 누구도 예측 못 한 사고였다.

"소카! 제발 뭐라고 말 좀 해요!"

위나가 답답해하며 소리쳤다.

"말 안 해도 알잖아요."

소카는 짧은 한숨을 내뱉은 후에야 입을 열었다.

"프레임은 뒤틀렸고 변색도 벌써 시작됐어요. 수영장 물이잖아. 그냥 물이 아니라. 전부 갈라질 거예요. 복원할 수 있는 면적도 아니고."

"그럴 수는…… 없어요…… 그럴 수는……."

위나는 넋이 완전히 빠져나간 눈빛으로 그 말만 반복했다. 사형선고라도 받은 사람 같았다.

그림을 돌이킬 가능성이 없다는 확인 사살에 에르완의 눈이 충혈되기 시작했다. 소카는 이제야 그를 보았다. 에르완은 자기의 두 손을 구명줄처럼 이어 잡고 고개를 푹 떨구었다. 떨림은 조금도 잦아들 줄을 몰랐다. 저러다 혼절이라도 하는 건 아닌지 걱정될 정도였다.

"에르완. 정신 차려."

소카가 그 앞에 다가가 말했다. 어쩐지 이 가운데 가장 차분한 목소리였다.

"지금부터 네가 해야 할 일은 두 가지야."

"……네."

에르완이 겨우 쥐어 짜낸 목소리로 대답했다.

"올라가서 수영장부터 비워. 내 방 천장에도 비 내리면 그땐 정말로 가만히 안 있을 테니까. 그거 끝내면, 이 캔버스 옮겨서 처분해. 한 번 해봤으니 알지? 조각조각 빵부스러기처럼 만들기. 뤽셀레가 도와줄 거야."

"그리고요……?"

그것만으로 끝일 리가 없다는 듯 에르완이 물었다.

"약 때문에 졸려 죽겠으니까 이제 깨우지 마. 아무도."

피로한 기색을 되찾은 소카는 우리 모두를 향해 그렇게 말하고 아틀리에를 나갔다. 그 지시만큼은 그날 우리 중 누구도 어기지 않았다.

나도 이 사람들도
소카의 분신은 아니에요, 유르가.
우리는 소카를 위해서만 존재하는
그림자가 아니라고요.

단순한 문제

 이튿날 에르완은 사직서를 냈으나 반려당했다. 그렇게라도 면죄부를 얻으려던 의지는 무효가 되었다. 죄책감에 짓눌린 나머지 에르완은 그날부터 말 없는 사람이 되었고 저택은 무서울 만큼 고요해졌다.

 이래서는 사흘 내 떠나기로 한 결심을 실행하기가 어려웠다. 나는 사직서 따위 없이 조용히 사라질 작정이었으므로. 적어도 에르완이 자기를 좀 추스를 때까지는 기다려야 할 것 같았다. 단 며칠 만이라도.

 위나는 현재 소카의 건강 상태와 완성에 가까웠던 그림이 폐기물로 변한 경과를 라타네드에게 솔직하게 전했다. 이대로는 약속한 날짜에 맞춰 작품을 인도할 수 없었기에 어설픈 변명은 애초에 불가능했다. 라타네드는 자기가 보지 못한 채 사라진 작품이 있다는 사실에 크게 실망하면서도 더 좋은 그림을 기대하겠다며 격려를 보냈다.

정작 그림의 소실을 가장 담담하게 받아들인 사람은 소카였다. 폐기하고 다시 그린 경험이 있어서일까, 이든의 진실을 깨닫고 의미가 퇴색해 버린 작품이기 때문일까. 아니면 그저 만사가 지긋지긋해져 체념한 상태인 걸까. 그 미묘하게 구겨진 표정만으로는 아무것도 짐작할 수 없었다.

이런 와중에도 페리는 매일 변함없이 찾아왔다. 그림이 침수되고 엿새 뒤 심야 신고를 했을 때 경찰은 '이 건으로 출동하는 것은 오늘이 마지막'이라고 나에게 통보했다. 예상하던 바였으니 실망할 일은 아니었다.

다음날 저녁 나는 내 방으로 돌아가지 않고 본채 일 층의 청소 시험장에 누웠다. 이 저택에 처음 온 날 가장 먼저 들어갔던 바로 그 방이었다. 내가 고용된 후로는 본래의 용도를 상실해 버린 기묘한 공간이지만 내일부터는 존재의 의미를 되찾게 될 것이었다.

노크는 새벽 두 시 이십 분에 시작되었다. 쿵쿵,

쿵쿵. 소리가 울리자마자 나는 뜬눈으로 누워 있던 시험용 침대에서 몸을 일으켰다. 오늘은 내가 직접 그를 마주하고 돌려보낼 작정이었다. 어차피 이걸로 마지막이었다. 쿵쿵, 쿵쿵. 내일 이 시간의 나는 더 이상 이 저택 사람이 아니었다.

그런데 시험장을 나서는 순간 거실 쪽에 누군가의 인기척이 났다. 슬리퍼가 가볍게 바닥을 스치는 소리. 어느새 노크는 멎었고 현관의 여러 가지 소음이 한차례 지나간 후 외부인의 구두 소리가 들려왔다.

"들어오게 허락해 주셔서 감사합니다. 당신이 소카 씨겠군요."

많은 정보가 담긴 페리의 인사였다. 나는 모습을 드러내지 않고 복도 끝에 멈춰 섰다.

"나를 알아요?"

소카의 질문이 이어졌다. 깊이 잠긴 목소리였다.

"소카 씨는 발렌에서 유명 인사 아닙니까. 두문불출하신 분을 이렇게 뵐 수 있다니 무척 영광이긴 하지만, 오늘 제가 만나고 싶은 사람은 뤽셀레 씨입니다. 좀 불러주실 수 있겠습니까."

페리가 정중하게 요청했다.

"뤽은 지금 완전히 곯아떨어져서 못 일어날 거예요. 요 며칠 저택에 일이 좀 많아져서."

소카는 자기 나름대로의 거절을 표했다. 페리가 가벼운 한숨을 지었다. 집주인의 등장은 그도 예측하지 못한 상황이었을 것이다.

"소카 씨는 늦은 시간까지 깨어계시는군요."

"덕분에."

"그간 실례가 많았습니다."

"실례인 정도가 아니라 재난이었죠."

소카는 거침없이 대꾸했다.

"혹시 소카 씨께서는 저야말로 지금 어떤 재난 상황에 처해 있는지 알고 계십니까?"

고작 그런 일 따위에 재난이라는 단어를 갖다 붙이지 말라는 듯 페리가 발끈했다. 소카와 대화하다 보면 누구나 한 번쯤 불쾌감을 맞닥뜨리게 되지만 오늘은 페리의 평정심이 다른 날에 비해 부족해 보였다.

"뤽에게 들었어요."

"정말이지 저는…… 할 수 있는 모든 것을 다 했습니다. 사죄하고 빌고 설득하고 협박하고 회유

하고 사정하고 비용을 제시하기도 하고. 진심으로…… 다 했어요."

무심하기 그지없는 소카의 반응에 페리는 분에 찬 심경을 토로하기 시작했다.

"발단은 명백히 우리 아이의 과실입니다. 그걸 부정하지는 않아요. 그래서 사죄하고 보상하고 또 사죄하면서 뤽셀레 씨의 마음이 누그러지기를 기다렸지만…… 무엇을 더 어떻게 해야 하지요? 그건 사고였습니다. 뤽셀레 씨와 그 가족을 해칠 목적이 아니라. 하지만 이건…… 명백한 의도를 가진 행동입니다. 오직 저를 고통스럽게 하겠다는 목적이요. 뤽셀레 씨가 이런다고 해서 시간을 되돌릴 수 있는 것도 아니고 어느 것도 나아지지 않는데 말입니다. 아닙니까?"

"그렇겠네요."

"뭐라고요?"

간단히 긍정하는 소카에게 페리가 반문했다.

"내 고통이 나아지지 않는데 페리 씨 것까지 이해할 필요는 없겠죠."

소카가 어째서 페리를 상대하고 있는지 이유는

모르겠지만 이래서는 그의 노여움에 불만 더 지피는 꼴이었다. 그만 내가 나서려 할 때 페리의 언성이 높아졌다.

"소카 씨는 뤽셀레가 그만큼 비정하고 잔혹한 사람인 걸 알고 있으면서…… 어떻게 그런 자에게 나와 내 집을 안심하고 맡길 수 있는지 도무지 이해가 안 가는군요. 저라면 그의 생각, 행동 하나하나 전부 의심하고 말 겁니다. 어디까지 진심이고 어디까지 거짓일지. 나를 배신하지는 않을지. 안 그렇습니까?"

페리는 나 대신 소카를 향해 설분했다.

"글쎄. 나는 그렇게까지 복잡한 사고를 하는 인간이 아니어서요. 내 인생이라고 해봐야 이 집구석이 전부여선가."

페리와 다르게 소카는 동요가 없는 목소리였다.

"그저 단순한 문제예요. 누군가에게는 빌어먹을 개새끼인 원수가 누군가에게는 둘도 없는 은인일 수도 있다는 거."

침묵이 찾아왔다. 나는 뗐던 왼발을 다시 바닥에 붙였다.

"나는 뤽셀레가 여길 떠나겠다고 해도 붙잡지 않아요. 아니, 붙잡는다고 안 갈 사람도 아니죠. 뤽은 바사나 에르완과는 성격이 다르니까. 그런데 만일 페리 씨 때문에 뤽이 사라져버린다면 그건 얘기가 좀 달라요."

페리에겐 아무 대꾸가 없었다.

"아마 이 저택 밖에서 평소의 페리 씨는 꽤 괜찮은 사람이겠죠? 명망도 있고 존경도 받고 훌륭한 아버지고. 하지만 페리 씨가 뤽을 여기서 내보내는 장본인이 된다면 나는 앞으로 이십 년쯤 페리 씨를 개새끼라고 원망할 거예요. 내가 그만큼 살 수 있을지는 장담 못하겠지만. 아무튼 사람이 사라지는 건 그림이 떠나는 것과는 달라요. 모든 게. 특히 이 집에서는."

흡입제를 한 번 빨아들이는 소리가 났다. 혼자서 한참 말을 쏟은 탓에 소카는 숨이 찬 것 같았다.

"그래도 페리 씨는 어디선가 또 뤽을 찾아내겠죠. 따님의 인핸서 수술이 절실하니까. 그럼 뤽은 또 도망치고요. 그저 페리 씨가 원하는 것을 주지 않기 위해서. 이쯤 되면 페리 씨도 그런 미래를 모르지 않을 것 같은데."

"그럼 제가 이 이상 어떻게 하면 좋겠습니까?"

페리가 물었다.

"글쎄요. 적어도 이 방법이 어림도 없다는 건 박제인 나한테도 확실하게 보이는데요."

다시 흡입제 분사 소리가 났다.

"좀 쉬셔야 할 것 같군요."

한발 물러나듯 페리가 말했다. 그에게도 소카의 상태가 괜찮아 보일 리 없었다.

"누구 때문에 잠을 설치느라 염증이 도무지 안 떨어져서."

"폐렴입니까?"

"달고 살죠."

"별일이군요. 이 저택은 집 자체가 인해서 신체라고 해도 좋을 만큼 안전해 보이는데요."

"그래서 죽으려고 해도 자꾸만 살려놓는 게 문제라고 할까."

툭 내뱉는 기침 같은 말에 페리는 잠시 침묵을 지키다가 나지막하게 말했다.

"소카 씨의 건강 문제는 여러모로 유감이지만,

저로서는 뤽셀레 씨를 상대할 마땅한 다른 방법이 떠오르지 않으니, 내일도 또 오겠습니다."

그 역시 내 고통이 나아지지 않는데 당신의 것까지 이해할 필요가 없다는 투였다. 곧 안쪽 현관이 열렸다.

"궁금한 게 하나 있는데."

그때 소카의 목소리가 다시 이어졌다.

"내일 물어볼까요? 어차피 오실 테니까요."

"괜찮습니다. 질문하시지요."

페리도 이제는 소카와의 대화법에 적당히 익숙해진 듯했다.

"페리 씨는 오가닉인가요?"

"아니오. 인핸서입니다. 고관절과 폐 기능을 강화했습니다."

"폐요?"

"십오 년 전에 폐렴을 한차례 크게 앓고 나서 인핸서 수술을 권유받았죠. 사오 년 정도 고민하다 3등급 공기 질에도 적응하지 못할 만큼 상태가 악화되면서 결국 수술을 선택했습니다. 소카 씨야 물론 오가닉이겠지만요. 아니, 오가닉이어야만 한다고 해야 맞겠지요."

"페리 씨는 무슨 일을 하시죠?"

소카는 자신의 노출된 정보만큼 상대의 것도 알고 싶어 한다. 페리에게도 마찬가지였다.

"지금은 뤽셀레 씨를 설득하는 일에 집중하고 있지만 원래는 공무직이었습니다. 예술위원회에 있었죠. 세이네 지부의 자격 심사관으로요."

나는 전혀 모르고 있던 내용이었다. 그가 오늘 처음 대면하는 소카를 그리 낯설어하지 않는 이유를 이제야 깨달았다.

"소카 씨는 대충 짐작하셨겠지만 말입니다."

"분위기가 거기서 거기니까."

"전 심사관에게 묻고 싶은 내용이라도 있으신 겁니까?"

"내 주치의의 말에 따르면 아무리 최악의 상황이라도 오가닉이기를 포기하는 예술가는 좀처럼 없다던데. 정말로 그래요?"

질문 끝에 흡입제 소리가 한 번 지나갔다.

"좀처럼의 기준이야 저마다 다르겠지만, 아예 없다는 뜻은 아니죠."

페리가 대답했다. 평범하게 상담을 진행하는 어조였다.

"숫자로 말해줘요."

"중증을 포함해 만성질환을 가진 예술가 열세 명 중의 하나는 인해서 수술을 선택하고, 공식적인 예술가 자격을 포기합니다."

비교적 구체적인 답이었다. 침묵이 고였다.

"고민 중이신가 보군요."

페리가 말했다.

"언제나요."

"다들 그렇죠. 꺼내놓기를 두려워할 뿐. 하지만…… 답은 이미 알고 계신 듯한데요."

"확신이 필요해요."

"뢱셀레 씨는 뭐라고 합니까."

갑자기 내 이름이 등장했다. 소카는 잠시 뜸을 들인 후에 입을 열었다.

"뢱한테 물어볼 일은 아닌 것 같은데."

"왜요. 상의해 보시지 않고요."

"페리 씨의 원수한테요?"

"소카 씨에게는 은인이잖습니까. 친구이기도 합

니까?"

"아마도요."

"때로는 나보다 친구의 시야가 더 밝은 법이죠."

그렇게 말한 뒤 페리가 이어 물었다.

"소카 씨는 인핸서가 되면 가장 먼저 무엇부터 하실 겁니까? 그러니까, 더 이상 산소 헬멧이 필요 없게 되면 말입니다."

"무슨…… 자격 포기 심사 질문 같은 건가요?"

"그런 건 있지도 않지만, 그냥 궁금해서요."

페리의 음성은 이제 온화하다고 해도 좋을 만큼 부드러웠다. 나에게는 그저 낯설기만 했다.

"지금 떠오르는 게 없으면, 내일 들을까요?"

소카는 잠시 머뭇거리다가 이렇게 답했다.

"아이스크림…… 먹을 거예요. 손에 들고 공원을 걸으면서요."

"아주 좋은 계획이네요. 저도 아이가 어릴 땐 자주 했었죠."

그 말을 끝으로 페리는 저택을 떠났다. 그리고 그의 노크 소리는 다시 들리지 않았다. 그날 오전에도 오후에도 다음날 밤에도.

간조

 침수 사건 이후 수영장은 석 달째 물이 마른 상태였다. 누수는 해결됐으나 소카가 요즘 수영을 하지 않아서였다. 그 대신 소카는 하루에 한 번 외출을 시작했다.

 두 달 전, 감염 치료를 마친 소카가 제 손으로 산소 헬멧을 챙기더니 돌연 산책을 다녀오겠다고 했다. 우리는 모두 눈과 귀를 의심했다. 특히 위나는 물 바깥으로 나가겠다고 하는 물고기를 보듯 난색을 표했다. 이제껏 자발적으로 외출하고 싶어 했던 적이 없는 사람의 말인 데다, 무탈하게 돌아온다는 보장도 없으니 그럴 만도 했다.

 위나는 결국 에르완이 동행한다는 조건으로 소카의 의지를 받아들였다. 겨우 회복 중인 화가의 기분을 언짢게 해봐야 라타네드의 의뢰작을 완성하는 날만 점점 미뤄질 뿐임을 누구보다 잘 알기 때문이었다. 그렇게 시작된 외출은 사건 사고 없이 일주일간 지속되었고, 한 달이 지나고부터는 에르완 없이 소카 혼자서 자유롭게 움직이게 되었다. 그의 새로운 생활방식에 우리도 점차 적응해 갔다.

그래도 나는 매일 수영장 청소를 이어갔다. 물속에 들어가지 않을 뿐, 소카가 하루에 한두 번 사 층에 올라오는 것은 그전과 마찬가지였다. 소카는 여기가 마치 두 번째 침실이라도 되는 것처럼 선베드에 누워 일광욕을 하고 낮잠을 자거나 스케치를 하곤 했다.

이 공간을 어떻게 사용하든 그건 소카의 자유였다. 다만 내가 이해할 수 없는 한 가지는 그가 즐겨 눕는 선베드의 위치였다. 그 선베드는 풀장 내부에 펼쳐져 있었다. 그러니까 물이 빠져 텅 빈 수영장 안에 덩그러니.

어째서 저기에 선베드를 가져다두었는지, 왜 치우지 말라고 하는지 영문을 모르는 채로 두 달이 흘렀다. 그 탓에 나는 좋아하던 수면의 일렁임 대신,

엉뚱한 곳에 불시착한 것 같은 선베드를 바라보아야 하는 처지가 되었다. 이곳에 어울리지 않는데도 치우지 못하는 저 정물이 마치 내 꼴과 비슷하다고 생각하면서.

지금도 그렇게 물끄러미 서 있던 중이었다. 갑자기 수영장 입구가 소란해지더니 에르완이 다급하게 들어왔다.

"아저씨, 청소는 끝났죠?"

서둘러 점검해야 할 것이 생긴 기색이었다. 수고하라며 자리를 비키려는데 이어서 바사가 나타났다.

"⋯⋯바사?"

"잠시 쉬자고, 루. 간식 시간이니까."

바사의 두 손에는 연한 회색 크림으로 덮인 네모난 케이크가 들려 있었다. 가운데에는 내 이름이 진한 글씨로 쓰여 있었다. 깊고 향긋한 홍차 향이 진동했다. 바사의 뒤로 포크와 접시 몇 개를 든 소카가 따라서 들어왔다.

깜빡 잊고 있었다.

오늘이 저택에서 일한 지 딱 열 달이 되는 날이었다.

"수술 날짜는 언제예요?"

소카가 물었다. 우리는 물 빠진 풀장의 가장자리를 벤치 삼아 앉아 케이크를 나누어 먹고 있었다. 아무리 물이 없어도 수영장에서 음식물이라니, 위나가 알면 경악하겠지만 지금은 라타네드와의 저녁 약속을 위해 외출한 상태였다. 다 먹고 난 다음에는 당연히 깨끗이 청소할 것이다. 위나를 위해 가장 예쁘게 잘린 케이크 한 조각도 남겨놓았다.

"그동안 상담을 차일피일 미루다 결국 기한을 넘겨버려서, 처음부터 절차를 다시 밟아야 된다고 하네요. 그래서 언제가 될지는 아직 모르겠어요."

석 달 전 이 저택과 발렌을 떠날 생각에 모든 계획을 중단했었다는 말은 하지 않았다. 의료센터를 소개해 준 유르가에게는 쓴소리를 좀 들어야 했다.

"아깝네. 정해지면 알려줘요."

소카가 남은 케이크 조각을 입에 털어 넣고 우물거리며 말했다. 대수롭지 않은 듯 뱉은 말이지만 소리도 기약도 없이 사라지지 말라는 경고였다. 물론 잘 알아들었다.

"그러죠."

"뤽셀레 씨도 질문해요."

나도 내 접시에 남은 케이크를 마저 먹어 치우려는데 소카가 그렇게 말했다. 오랜만에 돌아온 게임 규칙이었다. 웃음이 작게 나왔다. 수술 날짜가 언제냐는 질문과 비슷한 무게로는 어떤 내용이 적당할까. 잘 모르겠다. 요즘 내 머릿속은 이 텅 빈 풀장과 비슷했다. 질서도 계획도 알맹이도 없었다.

"여기에 물을 채우지 않는 건, 역시 침수 재발 우려 때문인가요?"

결국 재미없는 질문이나 하고 말았다. 그래도 궁금하던 것이었다. 그에게 수영은 빠뜨릴 수 없는 일과였고 소카는 환경 변화를 달가워하는 사람이 아니었다.

"아니라고는 못 하겠지만…… 꼭 그런 건 아니에요."

소카는 두 손바닥으로 타일을 짚고 허리를 곧게 늘이며 턱을 들었다. 마치 이곳의 천장 상태를 확인하듯이. 그러고는 뭔가를 떠올렸는지 픽 웃으며 고개를 가로저었다. 내가 의아하게 쳐다보자 소카는 미소가 엷게 머문 얼굴로 말했다.

"〈1월 4일〉이 그렇게 됐을 때, 천장에서 물이 뚝뚝 떨어지는 그 광경에…… 내 머릿속에 제일 처음 든 생각이 뭔지 알아요?"

다시 질문이었다.

"망할, 되는 일이 아무것도 없네. 도움 되는 인간도 하나 없고, 다 배신자야. 전부 때려치우고 싶군. 빌어먹을 세상."

나는 떠오르는 대로 중얼거렸고 소카는 그것도 좋았겠다며 킥킥 웃었다. 정답은 아닌 모양이었다. 웃음이 잦아들고 나서야 소카는 자기의 답을 꺼내놓았다.

"좀 무기력해진 건 오히려 시간이 어느 정도 흐른 다음이었고…… 그 순간에는 '다시 그려야겠네'였어요. 다시 그려야겠네. 다시 그리지, 뭐."

그 〈1월 4일〉을 지금 바라보고 있는 것처럼 소카는 정면의 허공을 향해 말했다.

"'다시 그리지'라니. 나도 내가 어이없었지만."

소카의 눈은 이제 자기의 발끝을 향해 있었다.

"그런데 만일 지금 여기에 물이 가득 차 있고 그게 새서, 아래층에 다시 비가 내리고 작업 중인 그림이 또 젖어도 나는 아마 똑같이 생각할 것 같아요. 그래서 웃은 거예요. 뤽셀레 씨한테는 이상하게 들릴지도 모르지만."

"별로 이상하지는 않은데요."

소카의 시선이 나에게로 왔다.

"소카 씨는 어쨌든 그림을 계속 그려온 사람이니까요. 이든이 그렇게 떠난 뒤에도요."

그 일은 마음의 침수와 다를 바 없는 사건이었다. 물론 아틀리에의 〈1월 4일〉은 그날부로 멈췄다. 그러나 소카의 모든 의지가 멈춰 선 것은 아니었다. 염증 수치가 치솟는 며칠의 고비를 지나서 몸을 가눌 수 있게 된 날부터 소카는 방에서 그림을 그렸다. 캔버스가 아닌 마리안이 남기고 간 노트에 연필 한 자루로. 일기를 쓰듯 하루에 한 장씩.

내가 폐기물 수거함에서 건져낸 바로 그 노트였다. 첫 페이지가 시작된 날 이후로 하루도 빠짐없이 이 노트에는 그날의 스케치가 채워져 있었다. 그림의 종류는 매일 달랐다. 어떤 날은 알아보기 난해한 형태와 패턴으로 이루어진 작품인가 하면, 어떤 날은 저택 내부 특정한 곳의 풍경, 또 어떤 날은 바사,

위나 같은 집안사람 누군가의 일상적인 모습이 담겨 있었다. 방에만 줄곧 틀어박혀 있었으니 모두 기억에 의지해서 그린 것들이었다. 그중에는 심각한 표정으로 바닥을 닦는 나, 심지어 환한 얼굴로 에어 필름을 관람 중인 이든, 맞은 편에서 체스 대결 중인 마리안도 있었다. 멸균 처리를 위해 한 장 한 장 넘기다가 어쩔 수 없이 전부 확인하게 되었다. 그러면서 그가 저택 바깥의 세상을 그린다면 어떤 것들이 담기게 될지도 궁금해졌다.

이든이 떠날 날을 앞두고 소카는 바사에게 물었다. 내가 그림을 계속 그릴 수 있을까? 그 답은 지금 세상 누구보다 소카가 제일 잘 알고 있을 것 같았다. 아마도 〈1월 4일〉이 침수되기 전부터 알았을 거다.

"그러게요."

소카는 가만히 중얼거리며 머리를 주억거렸다. 그가 필요하다던 확신에 도움이 되었는지는 잘 모르겠다.

"다른 얘기입니다만, 저건 대체 언제까지 여기에 둬야 하나요?"

나는 풀장 속 선베드를 눈짓으로 가리키며 물었

다. 제자리에 있지 않은 물건을 견디기 힘든 건 아무래도 현재의 직업병이었다. 소카가 웃으며 대답했다.

"아, 이제 정리해도 돼요. 그림은 거의 완성되어 가니까."

그 그림이란 라타네드의 의뢰작이자 소카의 새로운 스물한 번째 작품이었다. 거의 완성이라는 말에 나는 살짝 놀랐다.

"벌써요?"

"벌써라니. 두 달을 밤낮으로 매달려 있었는데. 라타네드 그 인간 딱 삼 개월 더 줬다고요. 앞으로 보름 안에 마무리해야 돼요."

이 선베드와 그림의 관계가 무엇인지는 알 턱이 없었으나, 오랜만의 반가운 소식이기는 했다. 이번 작품으로 어떤 것이 그려지고 있는지는 나를 포함한 저택 사람 누구도 알지 못했다. 청소를 위해 아틀리에에 들어갈 때마다 소카가 소지한 대부분의 물감 튜브가 골고루 흩어져 있어서, 어떤 색채일지도 가늠할 수가 없었다. 그저 나는 다 알아보지 못할, 무척 화려하고 눈부신 무언가가 펼쳐져 있을 거라고 짐작만 할 뿐이었다.

소카는 이만 작업하러 가야겠다고 일어나며 말했다.

"대신 치우기 전에 뤽셀레 씨도 한 번 누워봐요. 이왕이면 새벽 한 시 반쯤."

페리의 방문이 중단된 이후로 자정이 넘도록 깨어 있기는 오늘이 처음이었다. 자꾸만 내려오는 눈꺼풀을 겨우 끌어올리며 버티다가 결국 한 시에 내 방을 나섰다. 소카가 말한 시간은 아직 삼십 분이 더 남았지만 이대로는 나도 모르는 사이에 잠들어버릴 게 분명했다. 차라리 수영장에서 남은 시간을 카운트다운하는 편이 나았다.

사 층으로 올라가 모든 조명을 밝혔다. 물이 없는 심야의 수영장은 낮의 풍경과는 감히 견줄 수 없을 만큼 기괴하고 황량해 보였다. 빈 풀장에 덩그러니 놓인 선베드는 무언가로 덮이길 기다리고 있는 관 같았다. 저택의 주인은 새벽 한 시 반, 바로 거기에 누워볼 것을 권했다.

어울리지 않는 장소에서 선베드 하나를 치우기

위해 이렇게까지 해야 할 이유가 무엇인지 의심에 빠져 있는 사이 이십 분이 훌쩍 지나갔다. 나는 풀장으로 내려가 소카가 말한 대로 해보았다. 피로와의 사투를 한창 벌이고 있던 차에 누운 자세가 된 것만은 좋았다. 그런데 그게 전부였다. 다른 건 없었다. 숨죽인 채 주위를 두리번거려 봐도 양옆은 늘 보던 수영장의 풍경, 머리위로는 매끄러운 천창이 다였다.

정확히 한 시 반 되려면 아직 몇 분이 더 남아 있기는 했다. 그러나 시간이 그만큼 더 흘러도 유령 따위가 나타나지 않는 한 지금과 달라질 무언가는 없어 보였다. 당장 물이 없을 뿐 평범하디평범한 수영장에 불과했다.

별채로 다시 내려가는 것도 귀찮아져 그냥 여기서 이대로 잠들고 싶었다. 이왕이면 누군가 대신 불이라도 꺼주면 좋을 텐데 생각하며 스르륵 눈을 감았다. 그때였다. 어떤 생각 하나가 머릿속을 스쳐 갔다. 나는 곧장 몸을 일으켜 풀장을 벗어나 층 전체를 남김없이 소등한 다음, 캄캄해진 사방을 더듬더듬하며 선베드로 돌아와 다시 누웠다.

그 순간 나도 모르게 숨이 탁 멎고 말았다. 암흑 속, 인공조명의 반사광이 지워진 새까만 천창 너머로 끝없는 백색 성단이 펼쳐졌다. 햇빛이 부서져 내린 눈앞의 수면과는 비교하지 못할, 아득히 먼 곳에서 산란하는 수백만 개의 별빛이 온 천장을 촘촘하게 물들이고 있었다.

풀장 바깥의 높이에서 꼿꼿이 선 채로는 영영 몰랐을 밤하늘이었다. 주위의 모든 빛을 거두고 이만큼 낮은 데서 웅크리거나 누운 시야로만 발견할 수 있는 눈부심이 거기에 있었다.

소카는 내가 때때로 일렁이는 흑백의 수면을 멍하니 바라보던 것을 알고 있었던 걸까. 나는 손바닥으로 두 귀를 덮고, 본래의 색채와 나의 시야 간 차이가 거의 존재하지 않을 그 풍경을 꼼짝없이 오래 응시했다. 멈추지 않고 흐르는 시간을. 또 나를 하필 지금 이곳에 있게 한 모든 확률을.

당신은 운이 좋아. 그러니까 가끔은 수영장에 물이 없어도, 선베드가 아무 데나 있어도 나쁘지 않아. 안 그래, 뤽셀레? 마치 로레인이 그렇게 말하는 듯했다.

물 빠진 수영장에서 누워 바라본 그 풍경에 소카 방식의 화려함을 덧입힌 밤하늘을 나는 얼마 후 아틀리에에서 다시 만났다. 이른 새벽, 청소하러 들어갔을 때 커다란 캔버스 위에서였다.

그림은 문을 열고 들어오는 사람이 누구든 곧장 발견할 수 있는 위치에 잘 세워져 있었다. 내 몸집의 세 배쯤 되는 크기의 작품이었고 병풍은 없었다. 완성작이라는 뜻이었다. 보름 안에 마무리해야 한다더니 소카는 그 날짜를 정확하게 지켰다.

나의 눈에도 익은 풍경이라서인지 수영장 바닥에서 발굴해 낸 소카의 새로운 작품은 유별히 아름다워 보였다. 유르가가 전하던 그 감격을 이제는 조금 이해할 수 있을 것 같았다. 붓을 사용한 기법만으로는 무언가 폭발하는 것 같던 스무 번째 작품과 비슷한 느낌이었는데, 알고 보면 각 작품의 영감이 전혀 상반된 곳에서 왔다는 게 퍽 묘하게 느껴졌다.

좀 더 가까이 다가가자 캔버스 옆 작업용 의자 위에 메모 한 장이 놓여 있었다. 소카의 필체로 남겨진 짧은 글이었다.

이 색깔을 모두 볼 수 있는 첫 관람객에게.

나는 잠시 갸우뚱했다. 나처럼 세상 대부분의 색깔을 제대로 볼 수 없는 관람객이라면 누구라도 그랬을 것이다. 하지만 그 메모의 의미는 금방 깨닫게 되었다. 캔버스를 자세히 보니 검정과 흰색, 즉 흑백의 스펙트럼만 사용하여 그림 전체의 어둠과 빛, 그리고 그 틈을 정교한 명도로 나누어 배치한 작업이었다.

이 작품이 그려지는 석 달간 나는 매일 아주 다양한 색의 물감 튜브를 정리했는데, 소카는 내가 섣불리 짐작하지 못하도록 온갖 색의 물감을 일부러 흐트러뜨려 놓았던 것 같다.

보기 좋게 속아버렸다. 나는 혼자서 킬킬 웃었다. 이제껏 들어온 것 중 가장 재치 있는 농담이었으니 그러지 않을 까닭이 없었다.

오전 여덟 시, 작품을 확인한 위나는 완성을 축하하고 기뻐하면서도 어딘지 개운하지 않은 얼굴이었다. 이유는 두 가지로 하나는 이 작품이 소카의 첫 번째 흑백화라는 것, 다른 하나는 제목 때문이었다.

위나의 의견에 따르면 흑백화 자체는 문제가 아

니지만, 기존의 세 작품과 맥락이 통하게 해달라는 라타네드의 주문에 반해 이 작품의 개성이 지나치게 독립적이라는 것이었다. 특정한 날짜를 제목으로 삼은 타 작품들과 다른 〈간조 low water〉라는 새로운 형태의 제목도 그 독립성을 한술 더 뜨게 했다.

하다못해 제목이라도 일관성을 갖추는 게 어떻겠냐는 위나의 제안에 소카는 말도 안 된다며 반박했다. 그렇게 간단히 바꿀 수 있는 의미가 아닌데다, 이 제목을 유지해도 라타네드가 실망하지 않을 거라는 주장이었다. 두 사람은 함께 그림을 보러 온 바사와 에르완이 옆에 있는데도 논쟁을 멈추지 않았다.

"위나. 라타네드는 절대로 이 그림을 거절하지 않을 거예요."

"물론 그러길 바라지만 그래도 만약이라는 게 있잖아요? 일종의 안전장치가 필요하다고요. 여기선 그게 제목이고요."

위나도 가벼이 포기할 생각이 없어 보였다.

"안전장치? 이 제목을 빼면 여기엔 아무것도 안 남는다고 몇 번을 말해."

"소카. 내 입장도 좀 고려해 줘요. 이번 건 기존 작업 방식과는 다르게 생각해야 해요. 고집을 조금만 내려놔요, 제발."

"그럼 라타네드에게 직접 물어봐요."

"라타네드 씨한테요? 뭘요?"

"〈간조〉는 소카의 마지막 작품인데, 의뢰인으로서 어떻게 하고 싶은지."

소카의 그 말에 위나는 고요해졌다. 영문을 알 수 없어 커다래진 눈으로 〈간조〉의 화가를 뚫어져라 바라볼 뿐이었다. 바사와 에르완도 마찬가지였다. 길어져가는 침묵을 깬 사람은 소카였다.

"앞으로 남은 기회가 없는데, 거절하면 후회할 사람은 라타네드 아니겠어요?"

"……마지막이라니요? 왜 그런 말을."

위나가 의심에 찬 목소리로 물었다.

"나는 아마 머지않아 발렌을 떠날 테니까."

소카의 대답에 위나는 실소를 터뜨렸다.

"갑자기 그게 무슨 소리에요? 발렌을 떠나다니, 그 몸으로는 여객기 탑승 허가조차도 안 나오는 거 몰라요?"

스스로 한 그 말에 위나는 곧 웃음기를 잃고 사색이 되었다.

"소카, 설마……."

"……와, 젠장. 축하해요! 소카 씨, 진짜 잘 생각했어요. 와!"

위나가 뭐라고 말을 맺기도 전에 에르완이 소리쳤다. 무척이나 오랜만에 듣는 활기찬 목소리였다. 바사는 놀란 얼굴로 세 사람을 번갈아 바라보다가, 결국 엷은 미소를 머금은 채 소카를 꼭 끌어안았다.

"고마워, 바사."

소카가 바사의 어깨를 감싸며 말했다.

"도대체…… 나는 무슨 말을…… 해야 할지 모르겠네요."

그 자리에서 움직일 줄 모르는 사람은 위나 하나였다.

"어려울 거 없잖아요. 에르완하고 똑같이 말하면 되는걸."

소카는 그렇게 답하고서 가장 먼저 아틀리에를 벗어났다. 이제껏 봐온 그 어느 때보다도 가벼운 발걸음이었다.

본래의 색채와 나의 시야 간 차이가
거의 존재하지 않을 그 풍경을
꼼짝없이 오래 응시했다.
멈추지 않고 흐르는 시간을.
또 나를 하필 지금
이곳에 있게 한 모든 확률을.

에필로그

"어떠셨어요? 이번 실습은?"

"그런 건 묻는 게 아니야, 루."

내 질문에 바사는 인상을 찌푸리더니 빨리 커피나 내놓으라고 재촉했다. 모처럼의 휴일에 내가 괜한 이야기를 꺼낸 듯했다.

바사는 작년 이맘때보다 체격과 자세 모두 눈에 띄게 균형이 잡히고 좋아져 있었다. 그래서 어쩌면 실습도 무리 없이 통과하지 않았을까 추측했는데 아쉽게도 그러지 못 한 모양이었다. 나는 바사가 주문한 커피를 잔에 내며 위로도 함께 건넸다.

"저도 재실습 세 번은 더 했으니까요."

"세 번이나? 자네도 그때 모범생은 못 됐나 보군."

"그걸 말이라고요."

"후후."

이 년 전, 바사가 에이블로 돌아가겠다고 선언한 그날의 기억은 지금도 생생했다. 당시 에르완과 나는 좋은 결정이라며 바사에게 아낌없는 축하와 격려를 보냈다.

다만 바사가 예전과 동일한 훈련 과정을 이수하기 위해서는 심장 및 전신 근육을 강화해야 한다는 조건이 있었다. 기초 훈련생이었던 그때와 생체 연령차를 좁히기 위한 필수 규정이었는데, 문제가 하나 있다면 그건 바사가 원하지 않는 방향이라는 것이었다. 사실 바사는 성간 여객기에 올라 소행성대 연합 곳곳을 자유롭게 누비고 다닐 수 있다면 그걸로 충분히 만족할 수 있었다. 고민 끝에 반드시 파일럿팀을 고수할 이유는 없다고 마음을 정한 뒤, 바사는 승객지원팀으로 지원 분야를 변경했다. 무려 이십오 년 만의 새출발이었다.

에이블에서는 분기마다 각종 실습과 시험을 부지런히 치러야 했다. 이번 실습은 비상시 대처 요령 합동 훈련이었을 텐데 통과하기 어렵기로 악명 높은 분야 무관 필수 과목이었다. 즉, 재실습 명단에 이름이 올라간다 해도 그다지 불명예는 아니었다. 나도 그랬듯 셋 중 두 사람은 재실습 대상이 되기 때문이다. 바사 본인도 그렇게 생각하는 것 같았다. 지금은 잠시 시름을 잊고 내가 만든 커피를 기분 좋게 홀짝이는 중이었다.

"어때, 자네는 여기에만 있기엔 발바닥이 근질근질하지 않아?"

바사가 나를 올려다보며 물었다. 지금 바사가 앉은 곳은 내가 이 카페에 처음 왔을 때 애니와 재회했던 바로 그 자리였다. 소카의 저택에서 모두 뿔뿔이 흩어진 뒤 내가 선택한 곳은 여기, 애니의 카페였다. 다시 여객기 내 사업으로 돌아가고 싶어서 '발바닥이 근질근질해진' 애니 대신 내가 카페를 지키며 이 넌째 일하는 중이었다.

"아직은요. 커피 내리는 실력도 점점 좋아지고 있고요."

"음, 확실히 그래."

그건 바사도 인정했다.

나는 인핸서 수술을 보류했다. 사실 해야겠다는

의지가 조금씩 옅어져간다고 해야 더 정확할 것이다. 지금 이대로도 커피의 품질을 능숙히 판단할 수 있고 맛과 향을 예민하게 구분하는 데도 문제가 없다. 자랑은 아니지만 가끔 스스로도 놀랄 정도다. 내가 완성해 낸 균형을 음미하며 만족해하는 손님의 얼굴을 보는 것도 기분 좋은 덤이었다. 지금처럼.

소카는 삼 년 전 스스로 내린 결정대로 인해서 수술을 받았다. 약 반년에 걸쳐 새로운 신체에 적응한 그에게 우리의 사사로운 도움은 더 이상 필요하지 않게 되었다. 덕분에 한동안은 시간이 멋대로 멈춘 듯한 기시감에 다시 사로잡혀 지내야 했으나, 결국 한 사람씩 각자의 방향을 찾아 앞으로 나아갔다. 소카 없이도 우리의 시간은 움직였다.

바사는 바쁜 훈련 일정 때문에 오늘처럼 드물게 얼굴을 보지만, 에르완과 위나는 한 달에 한두 번 정도 이곳에 들러 각자의 안부를 전했다. 에르완은 요즘 어느 학교의 설비팀 치프로 자리를 잡았다. 소카의 추천장으로 면접도 생략하고 채용된 곳인데 초고속 승진은 자기가 유일하다며 매번 자랑을 한참 늘어놓는다. 위나는 라타네드의 예술재단에서 전시 감독으로 활발하게 일하고 있다. 소카 하나만을 상대하기보다 여러 사람들과 부대끼며 활동하는 것이 위나에게도 훨씬 즐겁고 편안해 보였다.

내가 저택을 나와서 가장 먼저 만난 사람은 애니였다. 그때만 해도 여기서 일하겠다는 생각은 조금도 없었으며 그저 페리의 소재를 알기 위함이었다. 이 카페를 통해 페리가 나를 찾았다면 반대의 방법도 가능해야 마땅했다.

애니는 미안함이 가득한 얼굴로 페리의 연락처를 건넸다. 나는 괜찮다고 했다. 진심이었다. 그리고 그날 오후 카페 한구석의 테이블에서 나는 그 동의서에 서명했다. 그날따라 말수가 적었던 페리와 헤어지면서 내가 먼저 "행운을 빕니다" 하고 인사했다. 왜 그런 말이 나왔는지는 나도 잘 모르겠다. 페리는 다소 멋쩍은 웃음을 지었다가 돌아서기 전 나에게 물었다.

"소카 씨의 수술은 잘 끝났나요?"

나는 그렇다고 대답했다. 페리는 소카가 그 결정을 내릴 거라 예상했다고 했다. 어째서냐고 묻는 나에게 페리는 그간 경험했던 확률이라고 했다.

"공식 자격이라는 명분은 어쩔 수 없이 내려놓지만, 그 이상 빼앗기지 않을 자신이 있는 분들은 인핸서를 선택하더군요. 속된 말로 위원회 나부랭이가 존재하든 말든 그림을 그리고 있을 사람들 말입니다."

그러곤 정중한 작별인사를 건넨 뒤 카페를 떠났다. 그 후로 그를 다시 보진 못했다.

"그나저나 소카 씨는 지금 어디에 있어?"

다른 종류의 커피와 초콜릿을 추가 주문하며 바사가 물었다. 나는 어깨를 으쓱였다. 그동안 우리 중 소카를 만난 사람은 아무도 없다. 소카는 발렌을 떠난 지 이 년이 넘었고 가끔씩 그 노트 크기의 작은 그림을 이 카페로 보내올 뿐이었다.

"지금은 모르지만, 지난달에는 탈리오라였어요."

"탈리오라? 세상에. 멀리도 갔네!"

"그렇죠?"

탈리오라는 소행성대 연합 궤도의 가장 바깥이었다. 그곳의 인터포트에서 발렌행 여객기를 기다리던 낯선 사람에게 부탁해 그림을 보내온 게 한 달 전이었다. 보내는 사람, 받는 사람, 메시지, 서명 같은 글자는 하나도 없는 오직 연필그림 한 장뿐이었지만 받자마자 소카의 작품인 것을 바로 알아보았다. 모를 수가 없었다.

나는 사무실에 보관해 두었던 그것을 가져와 바사에게 보여주었다. 그림은 도착할 때마다 주제가 제각각이었다. 풍경일 때도 인물일 때도, 가끔은 꿈의 한 조각처럼 보이는 것일 때도 있었는데, 마치 내가 쓰레기 수거함에서 건져낸 그 노트의 다음 페이지가 계속 이어지는 기분이었다. 다른 점이 있다면 이전의 노트는 대부분 내가 아는 것들로 채워져 있었고, 지금은 풍경도 인물도, 물론 꿈도 전부 모르는 미지의 대상이라는 것이다. 그렇게 과거의 소카가 만난 이들과 목격한 것들을 우리는 미래가 된 발렌에서 함께 본다.

이번에는 인물의 초상이었다. 바사가 턱을 괴고 그림을 오래 바라보았다.

"누굴까, 이 사람은."

그림의 주인공은 무척 곧은 시선을 가진 사람이었다. 출신을 헤아리기 어려운 소카 또래의 인물로 고집이 제법 있어 보이는 인상이었다. 어딘지 심통이 난 표정 같기도 했다. 하지만 이 그림을 그리는 동안 소카는 있는 힘껏 다정한 눈으로 그를 바라보았다는 걸 알 수 있었다. 그림에 붙들린 시간이 우리에게 그렇게 말해주었다.

"글쎄요. 나중에 물어보면 알겠죠."

"응, 그래야겠지."

사실 그림이 도착할 때마다 우리는 매번 똑같은 대화를 주고받는다. 그곳이 어디일지, 누구와 어떤 이야기를 나누었을지 궁금해하면서. 그러고는 그날을 지나치게 오래 기다리지는 않기를 바라며, 어느새 도톰하게 쌓인 그림들의 맨 위에 새로운 그림을 포개어놓는다.

작가의 말

  저는 소설을 시작할 때 플롯을 면밀하게 구상하거나 계획해놓지는 않아서, 저조차 이 이야기가 어디로 흘러갈지 모르는 채로 긴장하고 따라가기에 바쁩니다. 그렇게 원고를 끝내고 나면 필연적으로 연약하거나 거칠거나 희미한 마디마디가 곳곳에 생기게 마련이라, 완성한 초고를 얼마 후 다시 열어보았을 때 큰일 났네, 하면서 처음부터 끝까지 다시 써야 하는 일이 생겨나고요. 특히 장편은 예외가 없습니다.

  한 번 더 쓰는 것으로 수습되기도 하는 한편, 아예 처음부터 새로 시작해야 할 때도 있습니다. 누군가는 시간이 너무 많이 드는 비효율적인 작업이라고 하겠지만, 사실 저는 다시 쓸 수 있어서 차라리 다행이라고 생각해요. 실제 삶과 달리 2회차, 3회차 고쳐 쓸 수 있다는 점, 느리고 지난한 과정이지만 재작업을 거치면서 이 소설이 어떤 이야기인지, 여기에 사는 사람들의 진짜 속내가 뭔지 저도 비로소 조금씩 깊이 깨닫게 된다는 점에서도요.

초고 속에서 소설의 인물들은 제게도 초면이지만, 2고, 3고를 이어가면서 제법 잘 아는 사람들이 되어갑니다. 그럴수록 맨 처음 발을 뗐던 그곳으로부터 저는 꽤 멀리까지 와 있는 상태가 되죠. 문제는 작가의 말을 쓰는 시점이 바로 그때라는 거예요. 이제는 먼 과거가 되어버린 일을, 어쩌면 왜곡하게 될지도 모르는 그때의 무의식을 쫓아서 조각조각 모아 재구성하는 일이 작가의 말입니다. 그래서 때로는 작가의 말이 소설보다 더 지어낸 이야기에 가깝지 않을까, 그런 생각이 들기도 합니다.

조각 1.

미술을 그리 잘 알지는 못해도 미술 작품을 보는 것은 무척 좋아합니다. 모순된 말 같기도 한데, 어디로 여행을 가든지 그 지역에 미술관이 있다면 반드시 한 번은 들르거든요. 이름난 작가의 유명한 작품을 보러 갈 때도 있고, 지도에 미술관이라고 쓰여만 있다면 무작정 가보기도 합니다. 어디에든 기억에 남을 작품 하나쯤은 반드시 있다는 믿음에서요. 일종의 기념품 수집 같은 개념일지도 모르겠습니다. 나중에 여행을 추억할 때 저는 거기서 갔던 식당만큼이나 그 지역 미술관에서 만난 그림이나 조각을 쉽게 떠올리는데, 작품에 녹아 있는 그곳만의 역사와 시간을 엿보고 오기 때문이 아닐까 해요. 마음으로 찍는 사진 같은 거죠.

  도록이나 인터넷에서 본 작품을 실제로 대면할 때 느껴지는 차이를 경험하기도 좋아합니다. 생각보다 굉장하거나, 반대로 생각했던 그 느낌은 아니거나. 둘 중 어느 쪽이든 그 실감의 순간은 오래 기억하게 되거든요. 그런데 한 번은 그와 무관한 다소 불편한 감각에 사로잡힌 적이 있습니다. 바티칸의 시스티나 성당 천장화를 봤을 때, 미켈란젤로가 누운 자세로 그걸 사 년 동안 그리면서 온몸에 병을 얻었다는 이야기를 듣고 '무엇을 위해 그렇게까지?'라는 의문을 도무지 떨칠 수가 없었어요. 겨우 몇 분간 고개를 젖혀 눈을 치켜뜨고 보는 것만으로도 힘이 드는데요. 덕분에 당시 완성된 작품을 본 율리우스 2세와 후대의 우리는 '천지창조'가 주는 경이감을 알게 되었겠지만, 그날 이후로 저는 '천지창조'를 마주할 때마다 '미켈란젤로 선생님 도대체 왜?'라고 묻지 않을 수 없게 되었어요. 그 '왜?'는 아마도 영원히 알 수 없을 것 같은데, 그렇다고 해서 질문을 멈출 수 있는 것은 아니더군요.

조각 2.

처음부터 끝까지 '나' 외에 그 어떤 인물도 언급되지 않는 소설도 존재하겠으나, 이야기란 대부분 누군가가 다른 누군가와 연결되는 것으로 시작되거나 무르익거나 맺어집니다. 서로를 온전히 이해하지 못하는 존재들이 한 장소에서 부대끼는 일 역시, 현재형으로든 회상으로든 상상으로든 한 번쯤은 있고요.

청탁을 받고 얼마 지나지 않아서 두 인물을 떠올렸습니다. 자기의 좁다란 세상에 최대한 다양한 빛깔을 입히려는 한 사람과, 지극히 단조로운 색채로 세계를 인식하지만 아무래도 좋은 다른 한 사람. 전자는 아무것도 없던 백지에 복잡하기 그지없는 그림을 그려 나가는 한편, 후자는 복잡다단한 자신의 과거를 지우고 끊으려는 데 애쓰는. 그런 두 사람이 각자의 이유로 한 장소에서 만났을 때 서로를 이해하는 일이 과연 가능한지, 각자 다른 시야를 가진 두 사람의 초점이 맞는 그 순간이 존재한다면 언제일지 알고 싶어 한 줄 한 줄 써나갔습니다. 이왕이면 쉽게 벗어날 수 없는 제한된 공간 속에서, 라는 욕심과 함께요.

이야기가 어디로 흘러가는지는 저조차도 알 수 없다고 서두에 적었는데, 제게 초고를 쓰게 하는 원동력은 '나도 다음 페이지가 궁금해' 입니다. 2고부터는 끝을 알고서 고쳐나가지만, 초고는 저에게도 발견이면서 모험이니까요. 초고만이 주는 기쁨이 있는 것 같아요. 지금 이 페이지를 읽고 계시는 분과 그 시간을 공유할 수 있음도 무척 기쁜 일이고요.

조각 3.
초고의 제목은 〈모노크롬〉이었습니다. 뤽셀레의

시점으로 펼쳐지는 흑백영화 같은 이야기가 되었으면 했어요. 하지만 뤽셀레만의 이야기가 아니라 이 저택에 사는 모든 사람의 이야기가 되면서 '조각들'이라는 복수의 단어가 더 어울리겠다고 생각했습니다.

전체가 아닌 파편은 작거나 불완전하고 때로는 거칠고 날카로울 수 있어도, 자세히 관찰하면 고유의 아름다움을 찾아낼 수 있고 한데 모았을 때는 이전에 생각지 못했던 새로운 형태를 이루기도 하죠.

조각이 가진 힘은 '여지'가 아닐까 생각합니다. 다른 조각과 연결되거나 기꺼이 어느 세계의 일부가 될 수 있는 여지 말이에요. 이 소설도 완벽하지 않기 때문에 무엇이든 될 수 있고, 어디로든 갈 수 있는 이들의 자유에 관한 이야기가 되었으면 했습니다.

소설 바깥에서도 〈빛의 조각들〉이 나오기까지 힘을 모아주신 분들께 고마움을 전하고 싶습니다. 소설이 자라는 전 과정을 지켜봐 주시고 함께해주신 밀리의서재 한미리 매니저님, 더할 나위 없이 마침맞고 아름다운 표지를 입혀주신 이옥토 작가님, 작업하는 동안 끊임없는 응원을 보내준 가족들, 첫 번째 독자 다니엘에게 감사의 마음을 보냅니다. 언제나 읽어주시는 독자님께도 진심으로 감사드려요. 멀지 않은 때, 다른 이야기에서 다시 뵙겠습니다.

2025년 10월

연여름

물거품 씨에 대하여

'물거품 씨'는 내가 멋대로 붙인 그의 별명이었다. 늘 푸르스름한 헬멧을 쓴 사람, 그리고 가게 건너편 벤치에 우두커니 앉아 있다가 눈 깜짝할 사이에 사라지고 없는 사람. 그는 왠지 덧없이 사라져버리는 물거품을 떠오르게 했다.

여행 경비를 모으기 위해 공원 입구에 있는 조그만 아이스크림 가게에서 일한 지도 벌써 일 년째였다. 온종일 가게를 지키고 있다 보면 공원을 수시로 지나다니는 사람의 생김새나 옷차림은 특별한 노력을 기울이지 않아도 저절로 기억하게 된다.

그러나 물거품 씨의 생김새까지는 알 수 없었다. 물거품 씨가 항상 앉는 벤치는 내가 일하는 자리에서 거리가 제법 떨어져 있기도 했고, 헬멧 표면이 빛을 반사해 바이저의 안쪽은 전혀 보이지 않았다. 사촌 리베라가 취미로 골동품 바이크를 수집하고 타는데 물거품 씨의 헬멧은 그 녀석이 가진 것들과 비슷해 보였다.

오늘은 꽤 더운 날씨인데도 헬멧을 벗지 않는 물거품 씨를 나도 모르게 빤히 바라보게 되었다. 때마침 빈 아이스크림 통을 채우러 온 주인아주머니가 말했다.

"꿈 깨. 우리 손님은 아니니까."

"왜요?"

"저걸 벗지 않는 한, 우리 집 아이스크림이 녹기 전에 맛볼 방도가 없지."

아주머니의 말에 따르면 물거품 씨는 근처 예술위원회라는 곳에 방문할 때마다 습관처럼 저기서 잠시 머물다 간다고 했다. 아주머니의 기억으로만 오 년째. 저 헬멧이 리베라가 모으는 그런 물건이 아니라, 산소 공급 장치라는 걸 알게 된 것도 그때였다.

나도 종종 듣기는 했다. 반드시 오가닉으로 살아야만 하는 사람들에 대해서. 발렌에서 예술적 재능을 통해 타인에게 감동을 전하는 사람들은 기계화하지 않은 순수한 신체를 보존해야 할 의무가 있었다. 설령 그 몸이 큰 고통을 겪는 상태라고 해도.

아주머니와 잠시 이야기를 나누는 동안 물거품 씨는 어느새 사라지고 없었다. 푸르스름하고 동그란 헬멧이 그 자리에 다시 나타난 건 두 달이 지나고서였다. 그날 나는 최대한 눈을 떼지 않고 끈질기게 물거품 씨를 지켜보았다. 저 벤치에 얼마나 머물다 가는지, 도대체 매번 무엇을 물끄러미 바라보고 있는지.

조금씩 시간이 흐르는 사이에 내가 알게 된 사실은, 그가 무언가를 관찰하는 중이 아니라 그 반대라는 것이었다. 물거품 씨는 그저 한가로이 있을 뿐인데 지나쳐가는 사람들이 그의 헬멧을 곁눈질하거나 자기들끼리 속닥이며 말을 주고받았다. 그전에 주인아주머니와 내가 그랬던 것처럼. 왠지 얼굴이 천천히 달아오르고 말았다.

그런 시선이 몇 차례 더 이어졌고 결국 그는 자리에서 일어났다. 오 년 전부터 변함없이 앉아온 자리일 텐데 익숙함이라고는 배어 있지 않은 몸짓이었다. 그런데 이내 헬멧의 방향이 우리 가게 쪽으로 멈췄다. 설마 내가 보고 있었다는 걸 알아차리기라도 한 걸까? 바이저 너머의 시선이 나를 응시하고 있는 듯한 느낌이 들었다.

순간 무슨 생각이었는지 나는 그를 향해 오른손을 슬쩍 들어 보였다. 마치 어제도 마주쳤던 이웃에게 인사하는 것처럼. 그 속에 담긴 표정을 알 길 없도록 시선을 가로막은 동그란 헬멧은 아무 반응 없이 조각상처럼 멈춰 있을 뿐이었다. 그러다가 대로 건너편에 정차한 은색 플라이모 한 대를 발견하고서는 그 안으로 도망치듯 사라져버렸다.

그날 이후로 나는 조금 뻔뻔해졌다. 물거품 씨가 나타나고 눈이 마주쳤다는 느낌이 들면 손을 들고 가볍게 흔들었다. 돌아오는 인사는 없었다. 못 본 건지 아니면 무시하는 건지 구분할 방법은 없었지만, 어느 쪽이든 별로 상관없었다. 나에게 인사란 그냥 해버리고 마는 게 안 하는 것보다 속 편한 것이었다. 그나마도 두 달에 겨우 한 번이었다.

나 혼자만의 어색한 인사를 아홉 번 건넸을 때, 드디어 목표했던 여행 경비가 모였다. 꼭 가보고 싶었던 연합 소속 열한 개의 행성을 오 년 간 여행할 다짐으로 어릴 때부터 해온 저금까지 전부 합쳐 이백칠십만 루멘. 상당히 큰 금액이기는 해도, 이 장기 여행에서는 최소 열한 번 탑승해야 할 여객기의 총비용에 불과했다. 추가 예산은 그때그때 도착한 행성에서 단기 일자리를 구해 충당할 작정이었다. 그럼에도 불안하지 않고 오직 설레기만 했다. 나는 발렌을 떠나는 여객기의 편도 티켓을 기분 좋게 예약한 다음 머지않아 아이스크림 가게도 그만두었다. 물거품 씨가 다음번 저기에 앉았을 때 내가 없다는 걸 알아차리기는 하려나 조금은 궁금해하면서.

그리고 발렌을 떠나기 며칠 전, 친구들과 송별회를 하러 나가는 길이었다. 약속 장소까지 평소처럼 공원을 가로질러 가려고 하는데 입구에 서 있는 동그란 헬멧의 뒷모습이 보였다. 익숙한 곡선과 색깔만으로도 물거품 씨가 분명했다. 괜히 반가웠다.

벌써 두 달이 지났네. 이제는 저 좁다란 아이스크림 가게도 벗어났으니 모처럼 가까이에서 인사해볼까 하고 생각할 때였다. 물거품 씨의 두 손이 어깨와 연결된 잠금장치를 차례로 해제한 다음 묵직한 헬멧을 들어 올렸다. 그 행위가 구체적으로 어떤 결과를 불러올지 짐작도 못 했던 나는 그 모습을 의아하게 보다가, 물거품 씨의 몸이 이내 헬멧과 함께 바닥에 쿵 하고 떨어졌을 때 비로소 가슴이 철렁했다.

산소 공급 장치.

나는 당장 달려가 바닥에 나뒹구는 헬멧을 주워 들고 재빨리 그의 머리에 덮어씌웠다. 팔다리가 저절로 그렇게 움직이고 있었다. 내가 아는 한 그 헬멧은 물거품 씨의 몸 일부와 다르지 않았다. 하지만 그는 다시 일어나지 못했다. 마치 영원히 멈추지 못할 달리기를 해야 하는 형벌을 받은 사람처럼, 쓰러진 채로 가쁜 숨을 몰아쉬며 괴로워했다.

잠시 후 은색 플라이모 한 대가 우리 옆에 급정차했다. 거기서 다급히 내린 두 사람이 물거품 씨를 내 팔에서 거두고는 곧장 의료센터 방향으로 날아갔다. 그중 나이가 더 많아 보이는 사람이 그를 소카 씨라고 불렀다. 그게 물거품 씨의 원래 이름인 모양인데 나에게는 그저 낯설게만 들렸다.

아주 잠깐이었지만 그때 처음 본 그의 얼굴은 뭐라고 하면 좋을까……. 기억할 만한 어떤 뚜렷함이

랄 게 없었다. 아니, 무척 연한 빛깔의 연필로 선을 긋고 또 그어 간신히 완성한 그림 같았다고 해야 할까. 그마저도 분명히 꾸었지만 기억나지 않는 지난밤의 꿈처럼 희미하디희미하기만 했다.

 그날보다 훨씬 진하고 굵은 선으로 그린 초상 같은 그를 다시 만난 건, 몇 년 후 카리온 행성의 인터포트에서였다. 내 마지막 여행지인 탈리오라로 향하는 여객기를 기다리고 있을 때였다.
 "당신도 탈리오라로 가는 길인가요?"
 맞은편 빈자리에 나와 비슷한 나이에 잿빛 눈동자를 가진 사람이 앉으며 말을 걸어왔다. 굳이 확인하지 않아도 지금 이 게이트 앞에 있는 사람들은 모두 탈리오라행 여객기의 승객이었고, 갑작스러운 연착으로 출발이 반나절이나 지연된 바람에 다들 약간씩 예민해져 있거나 지친 상태였다.
 나 역시 마찬가지였다. 지난 사 년 동안 여러 행성을 여행하면서 사건 사고라면 꽤 다양하게 겪었는데도 연착 소식에만은 도무지 너그러워지지 않았다. 어쩌면 탈리오라가 이 긴 여행의 마지막 목적지이기 때문인지도 몰랐다.

사실 나는 여행을 이만 중단하고 이제 발렌으로 돌아가고 싶은 마음이 더 컸다. 하지만 연합의 가장 바깥 궤도까지 반드시 다녀올 거라고 친구들에게 큰소리를 쳐 둔 데다 이만큼이나 멀리 온 게 아깝기도 해서, 바로 어제 눈 딱 감고 탈리오라행 티켓을 끊은 참이었다. 일종의 오기였다.

하고 싶지 않은 숙제를 겨우 끝마치려는 심정으로 인터포트에 온 사람에게 이 연착은 조금도 반가울 리가 없었다. 반면 나만큼이나 낡은 옷차림에 정돈 안 된 어중간한 길이의 흑갈색 머리카락을 가진 이 사람은 마냥 느긋하게만 보였다.

"그렇겠죠? 저 사람들이 우릴 오늘 안에 태워만 준다면요."

게이트 입구의 승무원들을 향해 내가 입을 삐죽이자 그는 작게 웃었다.

"이렇게까지 해서 갈 만한 가치가 있는 곳이라면 좋겠어요."

나는 탈리오라행 여객기에 오를 수밖에 없는 나

의 사정을 그에게 푸념하듯 늘어놓았다. 이 여행은 어린 시절부터 줄곧 품어왔던 꿈이라서 돈을 모으기 위해 밤낮으로 일하면서도 즐거웠다고. 난생처음 발렌을 떠나던 날은 설렘으로 가슴이 터질 것 같았고 여행 삼 년 차까지는 새로운 행성에 적응하며 낯선 사람들을 사귀는 것도 그럭저럭 즐거웠는데, 지금은 잘 모르겠다고. 여행은 내가 오래전 상상했던 것처럼 하루하루가 벅차거나 아름다운 그림만으로 이루어진 것이 아니었다.

그는 자기도 비슷하다고 했다. 지금 이 년째 여행 중인데 때때로 지루해지거나 무의미하게 느껴지는 순간이 있다면서. 그래도 여유롭기만 한 표정이 내 장단에 적당히 맞추려는 것으로만 보여서 진짜 하소연처럼 들리지는 않았다.

"그쪽은 무슨 일로 탈리오라에 가는 건데요?"

이번에는 내가 물었다.

"어떤 친구가 연합 행성 중에서는 거기가 가장 멋지다고, 언젠가 꼭 가보라고 해서요."

"믿을 만한 친구였어요? 그러니까…… 안목이 말이에요."

"아마도요."

그때 또 한 번의 방송이 울렸다. 출발이 네 시간 더 지연된다는 안내였다. 대신 이번에는 탑승을 희망하지 않는 승객에게 전액 환불을 제공한다는 내용이 추가되어 있었다.

나는 탄식에 가까운 한숨을 내쉬었다. 잿빛 눈동자의 믿을 만한 친구가 뭐라고 했든지 지금 나에게 더 솔깃한 단어는 전액 환불이었다. 몇몇 사람들은 이미 자리에서 일어나 창구로 향해가는 중이었다.

"실은 부탁이 하나 있는데."

딜레마에 빠진 나에게 잿빛 눈동자가 다시 말을 걸었다. 나와 달리 안내 방송에 조금도 동요하지 않는 모습이었다.

"시간도 더 생긴 김에…… 탑승 기다리는 동안 당신의 초상화를 그려봐도 될까요?"

그의 손에는 어느덧 두툼한 노트와 연필 한 자루가 들려 있었다. 그림쟁이인 모양이었다.

"나를요?"

되묻긴 했어도 결론은 이미 정해져 있었다. 거절이다. 누군가가 나를 한참 뚫어지게 관찰하면서 그걸 그림으로까지 남기게 하다니. 생각만으로도 어색하고 민망해서 몸이 굳어졌다. 표정에 드러난 내 대답을 알아차린 그는 고개를 살짝 기울이더니 이렇게 물었다.

"그전에는 당신이 나를 오랫동안 관찰했으니, 이번 한 번 정도는 나한테 기회를 줘도 되지 않아요?"

이 질문이 대체 무슨 뜻인지, 그가 말하는 '그전에는'이 언제를 말하는 건지 나는 골똘히 생각해야 해야 했다. 지난 사 년간 나는 무려 열 개의 행성을 떠돌아다니며 온갖 사람들과 만나고 헤어지기를 반복해 왔다. 지금 이 순간을 포함해서. 그중에 이 잿빛 눈동자가 어디쯤에 있었는지 기억 구석구석 낱낱이 탐색해야 했다.

그러나 그의 얼굴은 어디에서도 발견할 수 없었다. 그가 다음 이야기를 꺼내기 전까지는.

"그때는 정말로 가게에 당신이 없는 건지, 아니면 내 헬멧 때문에 제대로 안 보이는 건지 알 수가 없어서 그랬는데, 뒤에서 나타날 줄은 꿈에도 몰랐어요."

기억났다.

희미한 빛깔의 연필로 그린 그림처럼 당장이라도 지워질 듯 아슬아슬했던 인상의 그는.

"물거품 씨?"

"아아, 그게 내 이름이었군."

내가 붙인 별명을 처음으로 듣게 된 그가 다시 웃음을 터뜨렸다.

"나는 당신을 '또 안녕 씨'라고 불렀으니까 공평하다고 해두죠, 뭐."

나는 아무런 말도 할 수 없었다. 물거품 씨를 알아보지 못한 건 내겐 어쩔 수 없는 일이었다. 동그랗고 푸르스름한 헬멧이 없어서도 그랬지만, 단 한 번의 찰나에 마주한 그의 얼굴은 내 기억에 어떤 구체적인 형태로 새겨져 있지 않았다. 그때는 오로지 숨을 쉬게 해야만 한다는 생각뿐이었다. 만약에라도 물거품이 완전히 터져버리는 일이 없도록.

그런데 그 물거품 씨는 이제 어디론가 사라져버릴 것 같은 인상과는 거리가 멀어 보였다. 나중에 다시 만났을 때 적어도 오늘처럼 못 알아볼 일은 없을 정도로 견고하고 선명한 모습이었다. 게다가 나를 똑똑히 기억하고 있었다.

서로에게 질문을 던지고, 엉뚱한 듯 다음이 더 궁금해지는 답변에 꼬리를 물고 다시 질문하기를 반복하다 보니 어느덧 탈리오라행 여객기의 게이트가 열려 있었다. 덕분에 출발을 기다리는 동안 내 초상화를 그리고 싶다던 그의 희망 사항은 이루어지지 못했다. 물거품 씨는 나와 함께 탑승객 행렬 끝에 줄을 서면서 그림은 나중에 그려도 된다고 했다.

"나중 같은 건 없을지도 몰라요. 물거품 씨. 우리에겐 늘 현재와 현재가 이어질 뿐이죠. 아니, 마지막과 마지막이라고 해야 하나."

내가 말했다. 이번 여행을 하면서 깨닫게 된 몇 개의 사실 중 한 가지였다. 여행은 그 기간이 아무리 길다고 해도 여행일 뿐, 나중을 기약하는 것은 연약한 다짐 또는 이루지 못할 사치로 남겨질 때가 많았다. 삶과 비교했을 때 여행은 어떻게 해도 찰나에 불과했다. 긴 여행 막바지에 얻은 결론 치고는 조금 슬프지만.

물거품 씨도 내 생각에 동의하는지 천천히 고개를 끄덕였다. 그러고는 불쑥 이런 고백을 꺼냈다.

"그런데 초상화는 사실…… 핑계였어요."

"핑계요?"

"솔직히 말하면 만일 당신이 탈리오라를 포기하고 지금 여기에 없다고 해도, 나는 초상화를 그릴 수 있으니까 굳이 허락을 구할 필요도 없었어요. 그저 모처럼…… 다시 만난 또 안녕 씨와 이야기하고 싶었을 뿐이라."

잠시 말문이 막혔다. 처음부터 그가 물거품 씨라는 걸 알려줬더라면 나는 그 어느 때보다 반가워하며 안부를 물었을 테니까. 그렇지 않아도 발렌이 무척이나 그리웠던 오늘 같은 날에.

이제 산소 헬멧은 필요하지 않게 되었어도 조심스레 한 발짝 떨어져 있기를 좋아했던 물거품 씨는 여전히 물거품 씨였다. 많은 것이 달라진 한편 그런 점은 변하지 않은 듯했다. 아이스크림 가게 카운터 너머로 멀찍이 보이던 그 모습이 괜스레 떠올라 나는 웃음이 났다.

"하지만 내가 없으면 어떻게 초상화를 그린다는 거예요?"

탑승구에 오르며 그에게 물었다. 문득 떠오른 사소한 궁금증이었다.

"글쎄요. 쓸데없이 좋은 기억력의 도움을 받았겠죠?"

"으음, 그 말은 어쩐지 잘난체하는 느낌인데요?"

내 반문을 물거품 씨는 딱히 부정하지 않았다. 단지 조금 멋쩍어하면서 이렇게 말할 뿐이었다.

"잊기 어려운 마지막도 있으니까요. 알고 보니…… 마지막이 아니긴 했지만."

현재와 현재.

마지막과 마지막.

그리고 마지막에서 다시 현재.

어쩌면 이 여행에 대한 결론을 짓기에 오늘은 조금 이른 날인지도 모르겠다는 생각이 들었다. 잿빛 눈동자의 말대로 마지막인 줄 알았던 순간이 진짜 마지막은 아니었던 것처럼. 때로 어떤 끝은 이토록 공교한 시작이 되어주기도 하므로.

빛의 조각들

1판 1쇄 인쇄 2025년 10월 21일
1판 1쇄 발행 2025년 11월 7일

지은이 연여름
발행인 박현진
본부장 김태형
책임편집 한미리
책임마케팅 이유림
오리지널사업팀 이지향 고혜원 김가연 나은경 박지수 이민해 이유진
디자인 데일리루틴
제작 세걸음
펴낸곳 (주)kt 밀리의서재
출판등록 2017년 1월 5일 (제2017-000008호)
주소 서울특별시 마포구 양화로45, 18층(서교동 메세나폴리스 세아타워)
메일 contents@millie.town
홈페이지 https://www.millie.co.kr

ISBN 979-11-6908-536-6 (03810)

* 이 책은 ㈜kt 밀리의서재가 저작권자와의 계약에 따라 발행한 것이므로 본사의 서면 허락 없이는 어떠한 형태나 수단으로도 이 책의 내용을 이용하지 못합니다.
* 인쇄·제작 및 유통상의 파본 도서는 구입하신 서점에서 바꿔드립니다.